河出文庫

偏愛小説集
あなたを奪うの。

窪美澄
千早茜
彩瀬まる
花房観音
宮木あや子

目次

偏愛小説集

あなたを奪うの。

朧月夜のスーヴェニア

窪美澄

「もう、おばあちゃんったらー。なんでこぼすの」

孫の香奈《かな》が、私の口元をタオルで乱暴にぬぐった。若い人から見れば、皺《しわ》だらけの汚い皮膚にしか見えないかもしれないけれど、力を入れられればそれなりに痛い。

もう、もう、と言いながら、香奈はセーターにこぼれたミルクを力まかせにごしごしとこする。そんなことをしたってタオルはミルクを吸い取らない。大量にこぼれたのだから、セーターそのものを着替えさせるべきだ。この暖房のなかにいたら、すぐにいやなにおいを発しはじめるだろう。

くるくると私の頭のなかは回転しているのに、香奈の目から見れば、私はだらしなく口を開けた一人の老婆でしかないのだろう。香奈だけでなく、息子も、息子の妻も、私のことを認知症だと思っている。

けれど、違うのだ。私は認知症ではない。新しいことを覚えたくないだけ。新しい記憶がおさまらないほど、古い記憶で頭のなかがいっぱいなのだ。だから、時折、月が雲に隠れるように、家族の顔や、住んでいる場所や、自分の名前や、年齢がわからなくなる。

香奈はさっきのタオルで、床にこぼれたミルクを拭《ふ》き取っている。

顔を拭くタオルで床も拭くなんて。なんて、がさつなんだろうと思いながら、床にはいつくばって手を動かす香奈の顔を見る。この子、いくつになったんだっけ。二十九？　それとも三十二？　でも、相当な年増《としま》であることには間違いないわ。毛染めでごまかしているけれど、髪の毛の艶《つや》だってない。目尻には細かい皺が寄っているわ。私がこの子の年には、子供も二人産んで、毎日てんてこ舞いだった。けれど、嫁としての役目はきちんと果たしたと思うのよ。それなのにどうでしょ。この子ったら、まだ実家で親のすねをかじって、家事ひとつ満足にできない。どこかにいい男いないかなー、って、ソファに寝っ転がったまま、携帯で大声で話しているけれど、こんな女を好きになる男なんて、この世のどこにいるの。

家にいれば、パソコンって言うのかしら、蓋がぱかんと開く、銀色の機械の画面ばかり見ているわ。早く嫁に行け、と息子は言うけれど、本心ではないわね。冷蔵庫にはこの家でただひとり酒をのむ香奈のための缶ビールが詰まってる。それをうれしそうにホームセンターに買いに行くのは息子よ。息子の妻は、香奈には、家事を手伝わせたりしない。香奈が結婚して、この家からいなくなって、夫と私に向き合うのがいやなのよね。三十過ぎて結婚もできない女が、こんなに居心地のいい家から、出て行くわけないじゃない。

　金曜の夜には、いつもお酒くさい息で帰ってくるけれど、外泊なんてしないのよ。泊まるような恋人もいないのでしょうね。土曜日、日曜日は、だらりとした服を着て、パソコンを見て、缶ビールをのんでいる。なんで、この子、女として生まれてきたのかしら？

　また、ぐいと、力まかせに、香奈が私の口を拭いたわ。それ、さっき、床を拭いたタオルじゃない。私がわからないと思っているのね。でも、いくつになっても、かなしいわ。乱暴に触れられたら。嘘でもいいから、やさしく触れられたい。誰かが私に、やさしく触れてくれたのって、もうどれくらい前になるのかしら。

　乱暴に足音を立てて、香奈が部屋を出て行った。

　こんなよく晴れた日曜日に、私なんかと家のなかにいるのはいやでしょうね。でも、早くなんとかしないと、あの子の魅力なんて、すぐに枯れてしまう。なまじ、自分のことをかわいいと思っているからたちが悪いのね。

　確かに、香奈は人よりかわいいわ。高校や大学生のときに、ボーイフレンドがいたのも知ってる。けれど、そのときだけ。ちやほやされた思い出が忘れられないのね。そこに寄りかかって、男を見下《みくだ》しているんだわ。多少かわいくなくったって、自分にやさしくしてくれる女のほうが男だって安心するはずよ。どうして、あの子は自分に女としての価値があるのだと、思いこんでいるのかしら。

　窓の外から、選挙カーの音が聞こえてきたわ。連呼される男の名前。その男の顔はテレビで見た。元タレントだか、俳優の男よ。体もがっちりしていてね、顔もいいの。その男が何を言っているかなんて、もう興味はない。日本がどうなろうと、もうすぐ死ぬ私には知ったことではないもの。今は戦前と雰囲気がそっくりだ、って、その男がテレビで言ってたのを聞いた。そうかしら？　この国は今、そうなっているの？家のなかにいるだけの私にはわからないわねぇ。それに、私が子供の頃だって、気がついたら、もう、戦争はいつの間にか始まっていたのよ。その男だって、戦争を体験していないはずなのに、なんでそう思うのかしら。

　私が座る椅子のわきには、いつでも手が届くように、小さなテーブルに大事なものが並べてあるの。黒い革のがま口を手にとる。金具を開けるのに手こずるから、いつも、口を開けておくのだけれど、ここに入れておいたお金をくすねていく人間がこの家にはいるわ。馬鹿ねぇ。一言言えば、あげるのに。お金を使うことなんて、私にはもうほとんどないのだから。

　震える指で小さな写真をつまみ出す。もう端も擦《す》り切れて、写真じゃなくて、ただの紙切れね。人のカタチをした白い影が写っているばかり。でも、私の、白く曇った目のせいでそう見えるのかもしれないわね。

若い頃、戦争があったわ。ずいぶん昔のことよ。

みんなもうすっかり忘れているけれど。

今はこんなにしわくちゃだけれど、私にも若い頃はあったの。私の顔はそれほど美しくはないけれど、若いときはそれなりに見られた顔だったと思うわ。それに私、頭も悪くなかった。女子大にも行かせてもらったんだもの。父は煙草《たばこ》や塩、樟脳《しょうのう》を扱う大蔵省専売局の局長を務めていて、家だって貧しくはなかった。病気もせず、体も健康だった。私は長女で、三歳下に妹がいた。私たちにはそれぞれ許婚《いいなずけ》がいた。父の古い友人の息子たち。その兄と私、弟と妹はそれぞれ結婚の約束をしていた。

許婚である稔《みのる》は、私より四つ上だった。

子供の頃から、私たちはお互いの家を行き来し、家族ぐるみのつきあいを続けていた。父親同士は同じ大学の同級生。高齢で、戦争には行ってない、という共通点もあった。戦争が始まっても、ふたつの家族は、誰も欠けることなく、日々の生活を続けていた。両親が口にする許婚という言葉の響きには慣れていたし、私は将来、稔と結婚することを疑いもしなかった。

お互いを意識しはじめたのは、私が目白にある女子大の付属小学校に入った頃のことかもしれない。ある春の日曜日、私たち家族は、稔の家にお邪魔していた。稔の家は、私の家とはまったく違う洋館で、白い漆喰《しっくい》の壁に、深緑色の窓枠、二階には円形の大きなバルコニーがついていた。大人たちが一階の広間で、お茶やお酒や煙草を楽しむ間、子供たちは、二階のすべての部屋を使ってかくれんぼをした。大きな書庫やクローゼット、ずっと使われていない暖炉など、小さな子供が体を隠せる場所はいくらでもあった。

二階のいちばん端にある客室は、窓の外に茂る木々のせいで日当たりが悪く、常に薄暗かったから、妹や稔の弟はなかなか足を踏み入れようとはしなかった。だからこそ、私は、よくこの部屋に隠れた。壁沿いにある備え付けのクローゼットは絶好の隠れ場所だった。蝶番《ちょうつがい》が傷んでいるせいで、キィッと音のする扉を開け、身を隠して、再び、扉を閉じる。黴《かび》と埃《ほこり》のにおいのするくらやみのなかでじっとしていると、自分の鼓動まで聞こえてきそうなくらい緊張した。

ある日、扉を開けると、そこに先客がいた。膝を抱えた稔が、大きな目で私を見上げている。ここはだめね、と、声をひそめて言うと、だいじょうぶだから、と稔も同じようなひそひそ声で返した。稔と少し距離を置いて座り、扉を閉めた。同じくらやみのなかに私たちはただ座っていた。二人の呼吸音だけがかすかに聞こえる。部屋の外、廊下のほうから、鬼をしている稔の弟が、私の妹を見つける大きな声がした。扉の隙間から、細い光が漏れて、目を閉じた稔の顔を照らしていた。長い睫《まつげ》が光のなかに浮かんでいる。

女の子みたいね。そう思った瞬間には手が伸びていた。

私の指先が稔の頬をゆっくりと滑る。稔は一瞬、ひどく驚いた顔で私を見たが、すぐにもう一度、目を閉じた。稔さんが女で、私が男みたいね。そう思いながら、稔の頬を撫でた。見ーつけた、という声で勢いよく扉が開いたときには、まるで何事もなかったように、私は稔の頬から手を離していた。そのときから、その場所が、私と稔の秘密の場所になったのだった。

私と稔は、かくれんぼ、という名目がなくても、弟や妹の目を逃れて、しばしばそこに隠れた。けれど、私が稔に触れたのはあのときだけだ。稔から私に触れることは決してなかった。そのあとはただ、二人でくらやみのなかに座り、二人で息をひそめて隠れていた。けれど、中等学校に入る頃には　私たちの体は成長し、二人でそこに入ることはできなくなった。

私たちが成長するにつれ、日本という国は戦争にまっすぐに向かっていった。

私が生まれた頃には、世の中にはすでにその気配が満ちていた。

気がついたときには、それが日常になっていた。それでも女や子供はまだ良かった。戦争という出来事のなかでは、どこか部外者だった。不運なのは若い男たちだった。有無《うむ》を言わさず戦地に駆り出されるようになった。

大学に入った稔も例外ではなかった。学徒兵として戦場に赴《おもむ》くことになった。稔のための食事会が開かれた。日々、食料の困窮《こんきゅう》には拍車がかかっていた。その頃にはもう、私の家でも白米を食べられることは滅多になかったが、稔の両親は、稔のために、稔の好物をテーブルいっぱいに用意していた。白米だけでなく、どこから手に入れたのか、肉や日本酒、葡萄酒まで用意されていた。息子のための、稔の両親の心遣いではあったが、皆に囲まれ、緊張した面持ちの稔は、そのごちそうを一口、二口しか口にしなかった。

稔を囲む皆も、稔に気を遣って、食欲の赴くまま手を伸ばすことには抵抗があった。私の妹だけが、何を気にする様子もなく、口いっぱいに食べ物を頬張り、母に視線で注意されていた。

食事のあと、私と稔は二階に上がるように言われた。もしかしたら、今夜が稔との最後の夜になるかもしれないから、という心配りなのかもしれないけれど、稔と二人きりにされるのは、どうにも居心地が悪かった。

幾度となく入ったことのある部屋ではあったが、二人で本を読んだり、レコードを聴いたり、たわいもない時間を過ごしただけだった。二人でこの部屋にいるより、クローゼットのなかにいた時間のほうが長かったかもしれない。幼い頃、クローゼットのなかで起きたような出来事は、あの日以来一切なかった。私が稔に触れたこともなかったし、稔が私に触れたこともなかった。

けれど、その日の稔は、部屋に入るとすぐに、耳まで真っ赤にして、私を抱きしめた。

「必ず生きて帰ってきます。待っていてください。お国のために戦ってまいります」

まるで、お芝居の台詞《せりふ》を読んでいるみたいね。そう思ったけれど黙っていた。

私よりも色が白く、女の子のように華奢《きゃしゃ》な稔が、戦争に行く、ということをうまくのみこめなかった。稔が人を殺しにいくより、殺されにいくことを想像するほうが容《た》易《やす》かった。

稔はおずおずと顔を傾け、私にくちづけをした。稔が震えているのはわかったし、歯と歯がぶつかる音がしたけれど、それを笑うのは失礼だと思っていた。体を離すと、稔の手が私の胸をまるでゴムまりのように揉《も》んだ。稔の鼻息が次第に荒くなる。それも笑ってはいけないような気がした。こんなに細い指で、細い腕で、稔は本当に戦争に行くのかしら。もしかしたら、私が戦争に行ったほうが、お国のためになるんじゃないかしら。胸を揉みしだかれながら、私はそんな馬鹿なことを考えていた。

その日は、秋雨《あきさめ》の降る肌寒い一日だった。

明治神宮外苑競技場のまわりも、観覧席も、学徒兵を見送る人たちでごった返していた。学徒兵たちは、黒の大学生服に、角帽、肩からは白いタスキ、ゲートルを足に巻いて軍靴（ぐんか）をはいていた。次々に入場してくる学徒兵の列が、私のいる観覧席にさしかかると、急に一人の学徒兵が「征《い》ってくるぞ」と声をあげ、私たちのほうに手を振った。稔さんはあんな声はあげないはず。そう思いながら、同じ服装で進む、若い男たちの集団を目で追ったものの、稔の姿を見つけることはできなかった。

観覧席の正面中央、いちばん高い場所に、たくさんの勲章や徽章を、軍服の胸につけた東條英機陸軍大将が立ち、激励の辞を読んだ。観覧席の誰もが、傘も差さず、その言葉に耳を傾けていた。隣に立つ母が、私の手をそっと握る。母は白いハンカチで目のあたりをぬぐった。娘の許婚が戦地に行くことを母は悲しんでいるのだろう、と私はそのとき考えていたが、母の悲しみの隅々まで、ちっともわかってはいなかったのだと思う。

目の前の景色が揺れはじめたのは、競技場の中央広場に並び、微動だにしない男たちの列を見ているときだった。誰も逃げ出さない。誰も叫びださない。ただ、無言で、背筋を伸ばし、雨に打たれている男たちを見たとき、ふいに涙がわいた。ここにいる男たちはたぶん、ほとんど、死んでしまう。生きて帰る者のほうが少ないはず。

ならばなぜ、この男たちに生を与えたのか。なぜ、この男たちの生を唐突に奪おうとするのか。そのことに抵抗もせずに従う男たちにも腹が立っていた。涙は悲しさではなく、悔《くや》しさで流れた。そんなことを口に出したら、私自身が酷《ひど》い目にあうこともわかっていた。

母は、私がどんなことを考えているかも知らず、そして、何も言わず、ただ、涙を流す私の背中を擦《さす》り続けていた。私の頬の上で、涙と降り続く雨が混じり合っていた。


長い人生のなかには、濃い色がついて、輪郭のはっきりした年と、淡く、今にも消えてしまいそうに記憶にまったく残らない年があるような気がする。だとしたら、十八、十九、二十は、私にとってどうやったって忘れることができない、白いシャツに散った赤いインクのように、石けんでいくら擦《こす》っても落ちない、そういう年だ。

満州事変、日中戦争、大東亜戦争、生まれてすぐから、事変、そして、戦争が続いていたから、自分の毎日のその先に、長い人生が続くことに、どこか現実味がなかった。刹那《せつな》、という言葉を知ったとき、私があんなことをしたのは、私だけのせいじゃないのではないか、と都合のいいことを考えたこともある。

昭和十九年、私は十八歳で、大学の家政科の一年生だった。

その年の春からは、学徒勤労動員が始まり、大学の女子学生たちも、順次、動員先に赴いた。大学長は「せめて一年間は勉学を」と願ったが、有無を言わさず、私たち一年生も動員された。

私のいた家政科の生徒たちは、東京西部にある飛行機工場や、電機会社に赴くことになった。私が通うことになったのは、無線会社の工場で、真空管の検査や電気機器の組み立てや性能検査などを任された。

一日中、ミシンを踏んで落下傘を縫わされるとか、ハンマーを握る手が真っ赤な血で染まるほど工場の機械を修理させられるとか、ヒロポンを打って過酷な仕事をさせられるという噂を聞いていたので、いったい、どんなにつらいことが待っているんだろうと、私たちはひやひやしていたが、我慢できないほどの作業ではなかった。もしかしたら、戦時中の労働力として、お嬢様大学に通う私たちはそれほど期待されていなかったのかもしれない。

自宅から工場までは、省線を乗り継いで一時間ほどかかった。

西に向かうほど家は少なくなり、武蔵野の風景が広がるようになる。いまだ空襲で燃えることもなく、小さな家がひしめきあうような私が住む街とは、まったく違った空の高さがあった。駅から工場までの道の両脇には、麦の青い穂が風に揺れていた。

戦中とは思えないほどの、ゆっくりとした時間が流れていた。本当に戦争が続いているのかしら、と思いながら、夏が終わり、秋が来た。けれど、十一月には私が通う工場にもほど近い飛行機の製作所に大量の爆弾が落とされた。工場は炎上し、たくさんの死傷者、負傷者が出、工場の一部は瓦礫《がれき》の山になった。稔のような兵士が私たちを守ってくれる、と思いこんでいたが、私も同じように、日々、命の危険にさらされているのだと改めて知ったのだった。

やがて、空襲は都心でも頻繁に行われるようになった。

空襲で焼かれた死体だって見たことはある。けれど、いつか自分がその死体になるかもしれないとはなかなか思えなかった。自分のすぐそばに落ちる爆撃の火で焼かれる痛みすら、その頃の私には想像することはできなかった。

私は毎日、工場に通った。

長い黒髪は、満足に洗えないことを考えれば短く切ったほうがよかったのだろうけれど、どうしても切りたくはなかった。普段は髪の毛を編み込んでまとめていたが、何日も風呂に入れない日が続けば、においやかゆみが気になる。どうしても我慢できなくなると、洗濯石けんを使って洗髪をした。母が愛用していた薔薇の香りのする舶来の石けんはもう手に入らなくなっていた。浴室で裸になって、溜めたままになっている浴槽の水で髪の毛をすすぎ、石けんで丁寧に洗った。泡も立たない粗悪な石けんだが、水だけで洗うよりはよっぽどよかった。

浴室のガラス窓から、橙色《だいだいいろ》の夕陽が透けて見えた。その光で私の裸も同じ色に染まっていた。長い髪の毛の先から水滴が落ちて、私の乳房の上を流れていく。水滴が触れた乳頭がかたくなっていくのを感じていた。稔が揉みしだいた胸だ。稔はもう一度、この胸に触れることがあるだろうか。

乳頭をつまんできゅっと力をこめた。体のどことどこがつながっているのかわからないが、そうすると、両足の間も同じようにかたくなっているような気がした。何度かそうしているうちに、突然、空襲警報のサイレンが聞こえた。私は慌てて浴室を飛び出し、濡れた体に服をまとい、庭にある防空壕に隠れた。隣にしゃがんでいた母が、私のこめかみについた水滴を指でぬぐった。

空気がきりりとひきしまるような冬の日、工場までの道を手をこすりながら歩いた。米も野菜も、もう満足には手に入らなかったから、いつでもおなかは空いていた。空腹のせいなのか、目の前がちかちかとして、視界が急に暗くなることもあった。そのせいか、いつからか月経は止まったままだった。けれど、月経の処理をしなくていい分、体のどこかが軽くなったような気がした。手に入りにくくなっていた月経血の処理をする綿の心配をする必要もなくなったのだから。

遠くの空から、B29が近づいてくる音が聞こえた。早くどこかに隠れなくちゃ、と思うのだけれど、体が動かなかった。誰かが見たら、ぼんやり空を見上げている人に見えたかもしれない。狙われているのはこのあたりではなく、近くにある飛行機工場なのだから、爆撃されるわけがない、と思いこんでいたせいもあった。けれど、予想に反して、黒いものが空からパラパラと降ってくる。鼓膜を震わせる爆音。目の端に見える煙と炎。あぁ、と思った次の瞬間、私は強い衝撃とともに畑のなかに倒れていた。

冬の空に遠ざかっていくB29の腹が見えた。

爆撃にやられたのか、と一瞬考えたが、目も頭もはっきりしている。痛みも感じていない。最初に感じたのは汗のにおいだ。決していい香りではない。どちらかといえば、鼻を背《そむ》けたくなるような体臭だった。その次に、私の体の上に何か大きくて重いものが覆《おお》い被《かぶ》さっていることに気づいた。ちくちくするのは、どうやら短く切った人間の頭髪が、自分の顎《あご》に刺さるほどの距離にあるせいらしかった。体の大きな男が自分の体の上にのっかっている、と気がついたのは、それからまだしばらく経ったあとだった。自分の真上にある空と、風が鳴る金属的な音をただ聞いていた。

「あんた、死にたいの？」と、男は私の胸の上で顔を上げ、笑いながらそう言った。

私の体の両脇に腕をつき、男は立ち上がった。男の顔を太陽が照らしていた。下から見ても、ずいぶんと背の高い、体軀《たいく》のがっちりしている男であることがわかった。

男は手のひらでズボンの汚れをはたくと、私に向かって腕をさし出した。

なんのことかわからず、男の顔を見ていると、

「どこのおひめさまかねぇ」と言いながら、また笑い、私の腕をとった。

ゆっくりと立ち上がろうとしたものの、ふらふらとして思わず前のめりになる体を男が支えた。男が近づくとさっきと同じにおいがした。男が私を助けてくれたらしい、

ということが少しずつわかってきた。

「あ、ありがとうございました……」

「貧血ならね、いい注射があるから。こっそり打ってあげますよ。病院にいらっしゃい」

「……お医者さまなのですか？」

「卵ですよ。医学生です。だからこうして戦地にも行かず、ふらふらとしていられるんです」

そう言ってまた笑った。

「じゃ、失敬」

そう言って、男は歩きだした。黒いズボンの後ろポケットに入れた手ぬぐいが左右に揺れる。砂利道は白く乾いていて、下駄の男が歩くたび、砂埃が舞った。男が離れていくのに、ふいにさっき感じた体臭が鼻をかすめた。その香りを、なぜだかもうなつかしく感じていることに、私は驚いていた。においだけでない。男のおもみや、体のあたたかさを、私はもう自分のどこかではっきりと記憶していた。

遠い戦地にいる稔のことを思うとき、思い出すのは、女の子のような細い腕や指、色白の顔だった。その面影も本当のことを言えば、少しずつ薄れかけていた。稔を思い出そうとすると、頭がぼんやりとしてくる。そのことに罪悪感があった。だからこそ、稔がいない間も、私は稔の家に行き、稔の両親に会った。その頃にはもう、稔の家の財力でも、満足な食事はとれなかったが、雑炊やすいとんを皆で口にした。稔が無事に帰ってくれれば、私はこの家に嫁《とつ》ぎ、目の前にいる稔の両親と家族になる。けれど、もし……。そう考えはじめている自分がおそろしくなることもあった。

稔の両親は私が来るたびに、ゆっくりしていきなさい、と、何度も私にお茶をすすめた。稔の部屋で休んでいってもいいのだから、と。はい、と素直にうなずきながら、私は二階の稔の部屋を素通りし、稔とかくれんぼをした客間に向かった。あのクローゼットを開けたかった。あのときと同じ、暗く、黴臭いその場所に身を隠したかった。

どうやってこんな場所に二人で入っていたんだろうと思うほど、クローゼットのなかは狭かった。迷った末に、私はその場所に入った。扉を閉めようとしたが、膝にぶつかってしまう。私は横向きに座り、何とか苦労して扉を閉めた。薄暗がりのなかで、自分一人だけの呼吸音しか聞こえない。そのことが私をひどく寂しい気持ちにさせた。

同級生や友人のなかには、出征する恋人や婚約者と契《ちぎ》りを籠《こ》めてから、戦地に送り出した者も多かった。稔と私はそうしなかったし、そうするまでの気持ちの高ぶりもなかった。私は、稔のことが好きなのかどうかすら、よくわからなかった。稔もまた、許婚に愛されているという確証もつかめないまま、戦地に旅だった。

同じ人間として生まれたのに、男のほうがより死に近い場所に立たされることが、ひどく理不尽なことのような気がした。そのときにふいに思い出したのは、工場までの道で私を助けてくれた医大生だった。におい、おもみ、そして、あたたかさ。その記憶を丁寧に辿るたび、鼓動が少しずつ速くなっていくような気がした。呼吸もほんの少しだけ荒くなる。自分の体の変化に気づいてはいたが、これ以上、この場所で、このクローゼットのくらやみのなかで、あの男の記憶を辿るのはあんまりなような気がした。ひどい女だわ。そう自分に言い聞かせて、私は明るい場所に出たのだった。

「真智子《まちこ》さん。ねえ、あの人、また……」

同級生の佐々木さんが私に耳打ちをした。

工場の前の電柱のそばに、あの男が立っていた。ここ何日か、その存在を目にしていたのだが、ここに通う誰かを待っているのだろうと思っていた。けれど、仕事を終えた私の後ろをあの男が歩いていることに気づいた。省線の車両のなかでも、私から離れた場所に立ち、私が降りる駅で男も下車した。けれど、自宅までの道を歩いている間に、男の姿は消えてしまう。

今日も同じように、男は私と佐々木さんの後ろをゆっくりと歩いてくる。私が振り返ると目をそらし、あらぬ方向に視線を向ける。その子供じみた様子に思わず口もとがゆるんだ。省線のなかでも、姿は見えないが、男の視線を感じていた。

佐々木さんと別れたあと、駅の改札口を出たところで、後ろから力強く肩を叩かれた。

「もう貧血はだいじょうぶですか？　顔色はあんまりよくないようだけれど」

振り返り、男の顔を見上げた。男の体臭がぷん、と鼻をかすめる。白いシャツの襟元に、垢《あか》のような灰色の汚れが見え、まるでそれが生きている証《あかし》のようにも見えた。

「あの……どうして、あとを……。私のあとを……」

「あなたに惚《ほ》れたからですよ。単純な理由です」

男はきっぱりとそう言って歩き出した。

「あの、困ります」

男の背中に叫ぶように言った。

「そうは言ってもね、私の下宿もこのあたりなんで」

男は歩き出した。男の言っていることが本当かどうかはわからない。男が向かっているのは、私の家がある方向だ。家の場所を知られたらまずいのではないか。そんな心配をしながら、男の後ろを距離をとって歩いた。万一何かあったときは、走って逃げればいい。川のそばまで来ると、男はくるりと振り返り、川の向こうを指差して言った。茶色い板塀の向こうに、古びた平屋の家が見えた。

「僕の下宿はあそこです。覚えてください」

なぜそんなことを私に教えるのか、その図々しい態度になぜだかひどく腹が立って、ぷいと顔を横に向けた。

「あなたの家の近所で、若い男と肩を並べて歩いていたなんていう噂が立つのはまずいでしょう。僕はあなたの先に立って歩きますから。あなたは後ろを歩いてきてください」

そう言うと私の返事も聞かずに男が歩きだした。

「毎日、毎日、工場に通って。まじめなんですね。あなた」

大きな声で話す男の背中を見ていた。私と男との距離は相当離れているが、男の声はよく聞こえた。

「若い娘におしゃれもさせず、男並みに働かせて、戦争に勝てるとは思わないけれど」

私と男のそばには誰もいなかったが、この会話を誰かに聞かれたら、と思うと、気が気ではなかった。決して知り合いではない、という意味をこめて、私は足を止め、さらに距離をとった。もうすぐ自分の家に続く道を曲がる。もっと距離をとって、男が前を向いているうちに、いなくなってしまおうと思った。あと、十歩、七歩、五歩、三歩。男がくるりと振り向く。

「桂木《かつらぎ》宏といいます。あなたの名前は?」

ふいに聞かれ、思わず素直に名前が口をついて出た。

「真智子です。岡崎真智子です」

目を細めて宏が微笑《ほほえ》む。まるで柴犬みたいだ、と思った。浅黒い顔に、太い眉毛、短く刈った髪の毛は濃い。あの日、あの麦畑に倒れたとき、自分の顎に刺さった、髪の毛のかたさがよみがえった。

「あのときはありがとうございました」

頭を下げる私を、宏はさっきよりももっと目を細めて見た。

「御礼をしてもらわないといけませんよね。あなたの命の恩人なのだから」

「御礼……」言いながら、眉間に皺が寄った。

「いやなに、あなたとこうして話をしたりするだけでいいんですよ。あなたが工場の仕事を終えて、駅に着く時間はだいたいわかりましたから。この何日かの調査でね。僕は改札であなたを待ってます。明日もあさっても、その次の日も……」

言いながら、踵《きびす》を返す。その背中に叫んだ。

「あの、私、許婚がいますから……」

宏は振り返らず、何も言わず、右手を上げて、一回だけ、ひらりと振った。

その言葉通り、宏は翌日も、その翌日も、私の帰りを待っていた。同じコースを歩くのはまずいと思ったのか、私の家や宏の下宿から離れた場所を歩くこともあった。

宏は饒舌《じょうぜつ》に何かを口にすることもあれば、一言も話さない日もあった。土地勘のある場所のこと、私はいつだって、宏の背中から遠ざかることもできたはずなのに、それをしなかった。一定の距離を置いて、ただ、歩き続けた。

許婚のいる身で大変なことをしている、という気持ちになることもあれば、もう明日は絶対にいっしょに歩かない、という気持ちにもなったし、時には、早く明日が来ればいい、と思うこともあった。

空襲警報が鳴る頻度はますます多くなった。けれど、宏の耳にはまるでそれが聞こえていないかのようだった。道行く人たちが私たちが向かう方向とは逆に、ばらばらと駆け出し、防空壕に逃げこんでも、宏はまだ道の先を歩こうとする。私はその手をつかんで、引っ張り、走り出した。寺の境内にある防空壕には、たくさんの人がひしめきあっていた。すみません、ごめんなさい、と言いながら、場所を詰めてもらい、その隅に宏と二人、並んで座った。

「近いな」

穴の奥で誰かの声がした。空気がびりびりと震える。もう聞きたくもない大きな音。そして、何かが燃えるにおい。けれど、どこか私は慣れてしまっているような気もした。非日常が日常になりつつあった。それよりも非日常なのは、隣にいる宏の存在だった。私の腕に宏の腕がぴたりとくっついている。その熱のほうが、私にとっては一大事なのだった。くらやみのなかで、宏が私の手を握った。触れあった腕よりも、手のひらはもっと熱かった。ぎゅっと力をこめて、手を握る。強い力で握られているのに、握り返す勇気はなく、自分のどこかから、急激に空気が抜けていくような、そんな気がしていた。

私と宏はいつ空襲があるかもしれない街を歩いていた。宏が私に何かを聞くことはなかった。話すことは自分のことばかりで、私はそれを黙って聞いていた。東北の生まれであること。父も祖父も医者であること。母は幼い頃に病気で死んだこと。私たちは寺に隣接する墓場のなかをやみくもに歩いていた。

「僕は自分の命が惜しいですからね。人殺しなんてしたくありません。戦争に行きたくないから、医学部に進んだんです。別に医師になりたいわけでもない。自らこの負け戦に加担するなんて馬鹿げた話です」

宏の話が、私を苛立《いらだ》たせることもあった。私はめったに宏に話しかけたことはなかったが、そのときは考えるより先に言葉が出ていた。

「でも、あなたの代わりに戦争に行っている人がいるんじゃないですか。誰でも、行きたくて行ってるわけじゃない。行きたくなくても」途中から声が詰まった。

「私たちのために戦ってくださっているんじゃないですか」

宏が小さくため息をついて言った。

「あなたみたいな人を一人ぼっちでここに残していくなんて馬鹿げていると思いますけれどね。あなただけじゃない。世の中の男すべてが馬鹿です。女を放ってまでする意味がありますか。だいたい、戦争したがっているのは男でしょう。戦争よりも僕は恋愛のほうが大事だと思いますけれど。……真智子さんの許婚は今、どこにいらっしゃるの？」

稔がいる南方の地名を、私は口にした。

「それはたぶん……、残念だが、生きて帰ってくるのは難しいでしょうね」

そう言う宏の頬を張っていた。そんなことを誰かにしたのは生まれて初めてだった。宏がまったく痛がっていない顔をしているのも憎かった。泣きそうになっているのは、頬を張った私のほうだった。ふいに腕をつかまれたかと思うと、私の体は宏の腕のなかにあった。あのときの宏の体臭を感じていた。宏の腕は私の体をきつく抱いていた。男の力だ、と思った。私の耳は宏の胸の上にあり、聞こえてくる鼓動がちっとも速くなっていないことに、憎さが増した。急に暗くなり、宏の顔が目の前にあった。宏のくちびるが私のくちびるに触れた瞬間、顔を背けた。けれど、宏の両手が私の顔を動かないように固定した。両手で宏の胸を叩いていた。いつでも逃げ出せたはずなのに、私のくちびるは、もうどうやっても宏のくちびるから離れることはできなかった。

ゆっくりとくちびるを離して、宏は言った。

「こういうことをするのは、戦地に行った男たちのためでもあるんですよ。僕が彼らの代わりにこうしている。あなたは、僕のことを許婚だと思えばいい」

そう言って私の体をきつく抱いた。何を馬鹿げたことを、と思いながら、私は宏のぬくもりのなかで、宏のにおいを肺の奥深くまで吸い込んだのだった。

「あなたはいつか僕の下宿にやってくるでしょうね」

宏のくすくすと笑う声が頭の上から聞こえてきたが、私はもうどうやっても顔を上げることができなくなっていた。

その頃にはもう、東京の空にはロケット弾や小型爆弾を落とす攻撃機だけでなく、低く飛んで地上にいる私たちを機銃掃射で狙う艦載機も現れるようになっていた。

工場近くで、同級生の数人が、機銃掃射で足や腕を撃ち抜かれた。自分と同じ年齢の、若い女の肉が裂け、赤黒い血が流れた。一人は、背中の真ん中に弾が当たり、そこからまるで噴水のように血があふれ、そのまま助からなかった。そうなるのが自分かもしれなかった。一回は運良く逃れられても、次が自分でない、という保障はどこにもなかった。

明日、死ぬかもしれない。その思いは、明るく、まっとうな道を生きていこうとする人の心を少しずつゆがめてしまう。知らぬ間に摂取し、ゆっくりと体中をめぐる毒のようなものだ。死んでしまうのなら、何をしたっていいじゃないか。小さな黒い炎が自分のどこかに生まれたような気がした。

宏と私は相変わらず、少しずつ消失し、瓦礫になっていく街のなかを歩いていた。以前のように、宏も多くを語らない。私も何も話さず、宏の背中についていくことが多かった。長い散歩の終わりには、宏は人気《ひとけ》のない場所を見つけ、私を呼び、そこでくちづけをかわした。稔とはしたことのない激しいくちづけに、私は少しずつ慣れていった。宏の指は私の背中をさまよっていた。そのとき、ふいに思い出したのは、機銃で死んだ同級生のことだった。背中に開いた穴から噴きだした血。あの同級生は、くちづけをしたことがあっただろうか。いつか、宏は、戦争に行った男たちの代わりに、ということを言ったが、私もまた、背中を撃ち抜かれて死んだ彼女の代わりに、くちづけをかわしているのかもしれなかった。

年明けすぐ、ある日の夕方、いつものように宏と歩いていると、空襲警報が鳴った。空の端に姿を現した爆撃機は、すぐにこちらに近づいてきた。川向こうの一帯に集中的に爆弾を落とし、反対側の空に飛び去っていった。あのあたり、私の家のあるあたり。いきなり走り出して足がもつれたが、それでも走った。たくさんの人が口々に何かを叫びながら、こちらに走ってくる。それに向かうように、人をかきわけ、進んだ。家に近づくにつれ、遠くのほうで赤い炎がまるで生きもののように、家々の上を蠢《うごめ》いているのが見えた。一丁目、二丁目、番地が変わるたび、酸素が薄くなるような気がした。黒い板塀の向こう、父と母と妹が、バケツで、屋根や家に水をかけていた。

「そんなことしたって無駄なのに。このあたりは戦争が終わるまでに全部燃えます」

いつから私の後ろにいたのか、宏がひとりごちていた。

斜めがけにした布の鞄《かばん》を放り投げ、私も家族のバケツリレーに加わった。炎はもうすぐ近くまで来ていた。かけた水が、瞬く間に白い湯気になる。父はバケツを手にしたまま、家や屋根に火がついていないかを確認した。

「こっちだ！」

皆で父の声のするほうに駆け寄ると、家の裏手、風呂場の窓の庇《ひさし》に火の粉が躍っている。父に水を渡すため、私たちは必死にバケツで水を汲んだ。けれど、高齢の父が力つきたように座りこんだのは、それからすぐのことで、気がつくと、宏が父の場所に立ち、消火してもすぐに復活する火に、何度も水をかけていた。父よりも大量の水を勢いよく。

父も立ち上がり、再びバケツリレーに加わった。火は、もうすぐ近くまで来ていた。舞い散る火の粉が顔にあたる。熱気が体を包んだ。どれくらい時間が経ったのだろう。それでも、家を焼かずに済んだ。皆、肩で息をして、庭のあちらこちらに座りこみ、疲労であらぬ方向を見つめていた。私は、残った水を手のひらにすくい、ごくごくとのんだ。

「生水はおなかを壊すから」と、母がとがめるのも聞かず、妹も私と同じように水をのんだ。末期《まつご》の水とはこんなふうにおいしいものだろうかと思いながら、かすかな甘みすらするその水を私はのみ続けた。私たちがそうしているうちに、宏はいつの間にか、いなくなっていた。

「ずいぶん、親切な学生さんだったわねぇ」

と言う母のぼんやりとした声を聞きながら、皆に御礼を言われる前に姿を消すのは、いかにも宏らしい、と考えている自分がいた。顔を上げると、母の割烹着《かっぽうぎ》には火の粉であちこちに焼け焦げの穴が開いていた。

稔の家族は、父親の実家がある長野に疎開することになった。稔の家族が東京を離れてから、一度だけ、稔の家を見に行ったことがある。窓ガラスには細く切った和紙が×に貼られていた。稔の家もまだ焼かれてはいなかったが、隣の家も、その隣の家も、見るも無惨な廃墟になっていた。この家が焼かれるのも時間の問題のような気がした。稔と二人で隠れたあの部屋も、クローゼットも、いつか炎に包まれる。そのことを考えると、なぜだか、自分の体の半分も、この世から消えてしまうような気がした。自分の体の実体、のようなものをつかみそこねていた。もし明日、自分が燃えて、吹き飛ばされるとして、なにをいちばん、やり残したと思うだろう。考えるふりをしていたって、私にはわかっていた。宏が私の家に水をかけてくれたときから、そんなことなどわかっていたのだ。

三月には、東京が業火に焼かれた。たくさんの人が死んだ。それでも、私はまだ生きていた。道の端には、黒炭のようになったヒトのカタチをしたものが転がっていた。そうなる前にしておかなければならないことがあった。


「やっと御礼に来てくれたんですね」

宏の下宿を訪ねた私は、瞬く間に抱きすくめられた。

「あなたの命と、あなたの家を助けたのだから」

むっとする宏の体臭を嗅ぐと、めまいがするような気がした。くちづけをしただけで、体の力は抜け、くずおれそうになる私を宏が強い力で腕のなかに抱きとめていた。宏の体は火の玉を内包したように熱い。腕も、指も、舌も熱かった。くちびるのカタチの熱が、私の耳や首筋や、鎖骨や、腕の内側を移動していく。宏の頭をかき抱いていた。針金のような頭髪が、私の皮膚に刺さるような気がした。宏は、立ったままの私の服を一枚ずつ脱がせていった。洗濯をくり返して黄ばんだシュミーズを見られるのは恥ずかしかった。

学徒兵壮行会の前の晩、白く細い指で、稔は服の上からゴムまりのように揉んだ。今、その胸を、浅黒く、指先に行くほど太くなる宏の指が、わしづかみにしていた。

宏の指の間から、自分のかたくなった乳頭が飛び出しているのを見たとき、自分の耳がかっと、熱くなるのがわかった。その乳頭の先を、宏は舌先で舐《な》めた。立っていられずに、私は畳の上に膝をついた。

宏は私の体を横たえ、その上にのしかかってくる。最初にあったあの日のように。私の上においい、おもみ、あたたかさ。宏の体には実体があった。生きている人間が、私の上にいた。熱い舌は乳房の谷間を通り、へそまで辿った。太腿を抱え、脚は左右に大きく開かれる。その中心を宏は凝視した。くちびるが触れ、舌がその溝を撫でる。幾度となく往復するそのリズムに身を任せていると、自分のなかから何かが湧いてくるような気がした。くぐもった声が漏れてしまう。我慢をしても無駄だった。

「ほんとうにいいんですね。あなた、許婚がいるのに。あなたがこんなことをしているのを知ったら、どんな気持ちになるでしょうね。戦地で」

その言葉になぜだか急に下っ腹が重く、だるくなった。

「悪い女だ」

そう言い終わらないうちに、私の体の中心に一気に宏が入って来た。あまりの痛みに体が弓のように仰《の》け反《ぞ》る。けれど、宏は手加減などしなかった。宏が体を動かすたびに、痛みで体がよじれる。けれど、その向こうに、痛みが快楽に反転する小さな点が、かすかに見えてくるような気がした。降ってくる宏の汗をあびながら、私はそれを見つけるために、何度でもこの部屋に通うだろう、という確信があった。

工場には通わなくなった。近くの飛行機工場が幾度となく、爆撃を受けていたから、そこに通うことは自ら命を落とす行為でもあった。父も母も、もう何も言わなくなった。お国のため、ではなく、死ぬときは家族みんなで、を選んだのかもしれなかった。

同級生が病気で伏せっていて、と嘘をついて、私はたびたび宏の部屋を訪れた。満足に食べられない生活がもう何年も続いていた。不思議なものだが、そういう生活が続くと、性欲だけが昂進するような気がした。体の奥深くに、ぽっ、と灯《とも》った赤黒い火は、瞬く間に全身を焼こうとしていた。痛みはすぐに快楽に変わった。自分が考えている以上に早かった。宏が望むカタチ、角度、私はどんなことにも応えた。

「真智子はみだらで淫乱な女だ。自分から腰を動かすなんて」

貶《おとし》められると、さらに快楽は増した。

ある日、後ろから入れられたときの角度が、快楽の新しい扉を開いた。そのままの状態で、宏は股の間の突起をいじり、乳頭を強くつまんだ。その瞬間に空襲警報が鳴った。けれど、私たちは体を離さなかった。私の奥にすっぽり納まったままの宏はもっとかたくなり、腰を動かすスピードは速くなった。

「もっと奥に、真智子の奥に」

そう言いながら、自分のなかがきゅっと締まる。爆弾の落ちる衝撃と音。その下で多分、誰かが死んでいる。口のなかに、宏の親指が入ってきた。それを舌でなぶり、吸った。びくびくと自分のなかが震え、宏の放ったものが、どこかに当たる感じがした。

「死んでもいぃ……」

嘘偽りないほんとうだった。窓の外、高い空の上を爆撃機の群れが飛んでいく。ここに爆弾が落ちれば、私たちはただの黒焦げのかたまりになる。皮膚も肉も燃えて、死んでいく世界でどろどろに宏と溶け合って、二人はひとつだった。稔のことなど、もうあまり思い出すこともなかった。

宏の部屋は、布団を敷いてある場所以外には、本がうずたかく積まれていた。宏に腕枕をされながらふと見ると、ある本の間から、一枚の紙が飛び出している。指でつまみ、手に取った。宏一人だけが写っている写真だった。宏は私の後ろで静かな寝息をたてている。迷ったものの、私はその写真を、枕元にある手提げのなかに隠した。

ある日、宏の部屋のドアを強く叩く音がした。無視してしまおう。そう宏と目配せをして、声を出さないまま私たちはつながっていた。けれど、ドアを叩く音はやまず、次第に強くなっていくようだった。仕方なく、慌てて下着だけを着けた宏が立ち上がり、ドアを開いた。部屋に踏み込んできたのは、母だった。草履《ぞうり》のまま畳にあがり、裸の私の頬を何度も力いっぱいに叩いた。髪の毛をつかみ、畳の上をひきずりまわした。母は一言もしゃべらなかった。私と母を、宏はただ突っ立って見ていた。

その日から、家の外に出ることを禁じられた。

配給の列にも、母と妹だけが並んだ。家事をすることすら禁じられた。空襲警報が鳴り、庭に掘った防空壕に隠れるときも、逃げ出さないように、私の両腕を父と母がしっかりつかんでいた。宏に会えないのなら、この家に爆弾が落ちてはくれないだろうかと、それだけを考えていた。空襲の合間、母に連れられて行ったのは、どう考えても闇医者のような老医師がいる病院だった。脚を大きく開くことには、もう慣れていた。診察されている間も恥ずかしくはなかった。

「お母さん、月経がないのだから、妊娠するわけはない。長い間、栄養が足りていないこの子の体にはそんな力もない。もちろん、性病でもありません」

老医師はただそれだけをいい、白い洗面器に満たした消毒液で手を洗った。母は診察室のドアの前に立ったまま、ただ黙って医師の話を聞いていた。

戦争はいつまでも終わらないのに、春が来て、梅雨が来て、そして夏が来た。

もう私の家のまわりのほとんどが、焼かれ、瓦礫になっていた。白昼にも、真夜中にも続く空襲に誰もが、疲れ果てていた。夕食とも呼べないような、野菜のかけらが浮かぶ汁をとったあと、父も母も居間の卓袱台《ちゃぶだい》のまわりで、体を横たえ、昨夜、空襲で中断した睡眠を補っていた。

父と母の監視にほころびができた一瞬、私は家の外に駆けだしていた。絶叫に近いような母の声が背中で聞こえ、すぐに遠くなっていく。空襲警報は鳴らなかったのに、すぐ近くに爆弾が落ち、めらめらと炎が伸びた。そのそばをすり抜けるように走った。火の粉が防空頭巾に降りかかり、布が焦げるにおいがする。その頭巾を脱ぎ、道の端に捨てた。燃えている夜の町を私は駆けていた。

川向こうは、私が家に閉じ込められている間に、その景色を大きく変えていた。暗くてもわかった。並んでいた家々は、すべて焼かれ、瓦礫になっていた。宏の下宿があったあたりも同じようだった。いったい宏はどこに行ったのか。へなへなと力が抜け、座りこむ私の右腕をつかむ人がいた。母だった。

「忘れなさい。あの人はもういないの。会ったことも忘れなさい。頭のなかからすべて消してしまうのよ」

自分の口から叫び声ともつかぬような音が漏れた。警報のサイレンと同じような、神経に障《さわ》る音だ。このまま狂ってしまえば、どんなにかいいだろう。またひとつ、ここからすぐ近くの場所に爆弾が落ち、炎が上がった。少しずつでなく、もういっぺんに燃やしてくれればいいのに。

その願いはすぐに叶った。二日後、そして、五日後には、遠く離れた二つの町で、たくさんの人が新型爆弾によって一瞬で消えた。

ぷつぷつと途切れるような雑音だらけのラジオ放送を聞いた。

父は頭《こうべ》を垂れ、母は静かに涙を流していた。妹は私を見て舌を出し、おどけた顔をした。その顔にかすかに笑いかえすくらいの力が自分のなかにあることに驚いていた。

妹と二人、戦争の終わった町を歩いた。子供の頃のように手をつないで。空は真夏の青で、今まで空襲警報や爆撃機の音にかき消されていた蟬の声がはっきりと聞こえた。

川の向こう、宏の下宿があるあたりに目をやった。けれど、この前見たときと同じ、瓦礫の山があるだけだった。

「あっけないね。お姉ちゃん」

妹がぽつりと言った。

「そうね……」

「でも、戦争が終わってうれしいな」

子供の頃と変わらない声で妹が言った。どこかの木から飛び立った一匹の蟬が、尿をまき散らしながら、蛇行するように私たちの目の前を飛んでいった。今にも力つきて、地面に落ちそうだったが、また、持ち直し、高い空を目指そうとする。

あの死にかけた蟬と私たちと、いったいどこに違いがあるというのだろう。

もう帰ってこないだろう、と誰もが考えていた稔は、戦争が終わって一年半後に復員し、東京に戻ってきた。顔も体も肉よりも骨が目立つくらいに痩せ細っていた。

「戻ってきました。あなたに会うために」

私の前に立った稔はそう言い、目を赤くした。ぼろぼろの軍服のまま、玄関先で稔は私を抱きしめた。壮行会の前の晩には感じなかった、獣じみた男のにおいがした。

私が逃げ出さないように、気が変わらないように、という父と母の判断なのか、祝《しゅう》言《げん》は慌ただしく行われた。

初夜の布団のうえで、稔は私を抱いた。無我夢中で動く稔はあっという間に果て、私の体の変化など知る由《よし》もなかった。私にも、体の喜びはなかった。

戦地で起こったこと、体験したことを、稔は一言も話さなかった。

この人に人殺しなどできるのだろうか、と出征前に感じていた稔はもうどこにもなかった。稔は自分が見た地獄を、絶対に自分の外に漏らさないようにしているように見えた。眠っている間には、ひどい汗をかき、歯ぎしりをし、意味のわからない言葉をつぶやき続けた。けれど、時折、その合間に、はっきりとした言葉が混じる。

裏切りもの。殺してしまえ。

それは誰に向けられた言葉だったのか。

稔は貿易会社を興《おこ》し、社長として、東南アジアの各都市を飛び回った。

私以外に女がいた。日本にも、外国にも、何人も。そんなことに見て見ぬふりをして、私は家庭を守り、二人の子を産み、育てた。私の体にも世の中にも、余るほどの栄養が満ち、めぐっていたのだ。

酒をのみながら稔に暴言を吐かれた日、若い女が稔の子供をみごもったと突然家にやってきた日、手帳のなかに挟んだ一枚の写真を見た。指は何度も宏のカタチを辿り、その顔を見て泣いた。何度も写真に触れすぎて、紙が薄くなるほどだった。

子育てが落ち着いた頃、探偵事務所に頼んで、宏の所在をつきとめてもらおうと考えたこともあったが、散々迷って、やめた。なぜ、宏がまだ生きていると思ったのか。この写真の、この面影と、私の頭のなかの記憶だけがあればよかった。あの日々のことだけは、自分が年老いても、ぜったいに死ぬまで忘れるものかと、生きてきた。あの記憶を栄養にして、日々を滑らかにして、自分のどこかを沈静化させて、そうやって、私は今まで生きてきたのよ。

目がよく見えない今だって、目をつぶれば、宏の面影が浮かぶわ。

十年前に亡くなった稔のことだって、もうすっかり忘れてしまったのにね。

宏と体を交わした日々を燃料にして、私は生きてきたの。こんな死に損ないのおばあさんなのに、宏のことを思い出すと、自分の体の奥深くに、ぽっ、と灯《あか》りが灯るような気がするわ。そんなことを知ったら、皆は、気持ちが悪いと言うのでしょうね。

でも、愛し愛された記憶はいつまでも残るの。

目の前にいる香奈がパソコンの画面を見ながら、にやにやと笑っているわ。いったいなにがおもしろいのかしら。そこに、実体のある生身の男はいないのに。この子は、体の喜びすら、知らずに老いていくのね。この子、なんだか、あわれよね。あのとき、私は、確かに激しく求められたのだもの。こんなにしわくちゃだけれど、女としては、私、この子に勝っていると思うわ。

戦争が始まれば、この子も身を焦がすような恋をするのかしら。

夏のうらはら

千早茜

「絹子《きぬこ》」

口がそう呟いていた。

そこには何の感情もなかったと思う。俺はただ、まっさらな空に飛行機雲を見つけたガキみたいに、目に入ったものをそのまま言葉にしていた。

けれど、反応したのは目と口だけで、右足はブレーキを踏むこともなく、俺の車はあっさりと国道沿いを歩く人影をはるか後方に追いやっていた。

助手席からの視線が痛い。バックミラーで確認することもできず、俺は素知らぬ風を装って甲高い女性ボーカルの歌を一曲とばした。

「いま、間違えたよね」

明菜《あきな》さんが断定口調で俺の鼻歌を遮《さえぎ》る。

「え、俺なんか言った？」

「あたしの名前、言い間違えたでしょう。誰よ、きぬこって」

「ああ、ばあちゃん。キヌだって、キヌ。今日、命日だったなって思いだしてさ。俺、ばあちゃん子だったの」

「嘘《うそ》つき」

ふくれっ面《つら》で外を見る。三十過ぎてもそういう顔をすることが許されていると思っているのだろう。確かにまだ二十代後半にしか見えないけれど、もう若くもないからそろそろそういうの痛いんじゃない、と言いかけて止める。

「どっちが嘘つきだか」

無難にからかってみることにした。

「あたしは嘘なんてつかないわよ」

「そうですね、奥さん。じゃあ、俺はあなたを送り届けたら大人しく帰りますね」

「もう意地悪」

視線が急に粘着質なものに変わる。「恭一《きょういち》」と舌足らずな声をあげながら手を伸ばしてくる。

「ほらほら、もうすぐ着くよ」

ハンドルを大きく切って、明菜さんの手を避《よ》ける。二階建ての庭付き新築住宅の前に車を停める。ニュータウン化が進んでいる地域だけれど、まだあまりひと気はない。特に昼間の熱さが残るこんなけだるい時間は。

素早くシートベルトを外し、何か言いかけようとした明菜さんの唇を塞《ふさ》ぐ。舌先で唇をなぞると、すぐに口をひらいて舌を絡めてきた。太腿《ふともも》に触れる。パートにくる時はパンツ姿なのに、俺と逢う時は膝上丈のスカートを穿《は》いている。素足を撫でると、窓の外をうかがいながらも膝をひらいた。指をじりじりと内側に進めていく。堪え切れないというように明菜さんがしがみついてきた。内腿はもうしっとり汗ばんでいる。耳に熱い息がかかる。

「ちょっと……恭一、ねえ……」

下着の上から肉の膨らみに触れる。くすぐるようにそっと。明菜さんが腰を浮かして、「ねえ、ねえ」と何度も耳元で苦しげな声をあげる。

「なに、どうしたの？」

わざと素っ気なく言う。

「……本当に意地悪」

「ん？　また欲しいの？」

黙ったままなので離れようとすると、火照《ほて》った身体を押しつけてきた。

「待って」

「じゃあ、欲しいって言いなよ」

「……欲しい。でも、ここじゃ……」

「ここじゃ、駄目？」

指を下着の中に滑り込ませる。眉間に皺《しわ》を寄せた明菜さんが「あ」という声を必死に呑み込む。こういう顔が好きだな、と思う。我慢させるのは愉《たの》しい。明菜さんはキスをねだりながら「恭一、好き」とうわ言のように口走る。

「うち、あがっていってよ」と潤んだ目を向けてくるのを待って、「旦那さんは？」と訊く。

「まだ帰ってこないから。あと二時間くらいは大丈夫、多分」

「ふーん、やっぱり嘘つきじゃん。悪い奥さんだね、明菜さんは」

陰毛を指にぐるぐると絡めて弄《もてあそ》び、時折、尖りきった先端をほんの少しだけこする。その度に明菜さんの腰が浮き、声がもれる。

「ねえ、お願い……うち、行こう、ねえ」

「うん、でも明菜さん、声おっきいからなあ。俺の名前呼ばれると困るんだよね。旦那さんの名前教えてよ」

「え……」

「旦那さんの名前呼んでね。ラブホテルと違って防音じゃないんだから、ご近所に聞こえちゃうよ、ほら、なに、なんていうの？」

指を奥に進ませながら、服の上から乳首を摘まむ。

「ゆ……うじ」

「え？」

「ゆうじ……！」

属する者の名前を口にした途端、ずぷりと指が埋まった。ぬるぬるしたあたたかい蜜があふれでてくる。昔、飼っていた犬を思いだす。ご飯の時間でなくても、「飯」という単語を聞いただけで反射的に涎《よだれ》を垂らしていた犬。

同時に車を降りて、足早に玄関ポーチを抜ける。家のドアを後ろ手に閉めた途端に明菜さんが抱きついてきた。舌を激しく絡ませながら、忙《せわ》しない音をたてて俺のベルトを外しジーンズとトランクスを下ろす。その手首を握り玄関マットの上に押し倒すと、スカートをめくりあげ下着を剝《は》ぎとり、一気に貫いた。明菜さんが悲鳴のような声をあげる。閉めきっていた部屋が蒸し暑い。すぐにお互い汗だくになる。腰を打ちつける度に汗と体液がびちゃびちゃと淫靡《いんび》な音をたてた。明菜さんは律儀に夫の名前を叫び続けた。


人妻は夫の存在を意識させた方が感度がいい。

女って奪われたい生き物なんだと思う。けど、その実、奪うのが大好きだ。時間や、身体や、歓心や、金を、自分の「好き」を与えた男から容赦なく奪い、貪《むさぼ》ろうとする。

さも当然の権利とでもいうように。その無自覚ぶりが厄介なところだ。

「ねえ、次はいつ逢える?」

シャワーからあがると、明菜さんが麦茶のコップを差しだしてきた。自分はエアコンの冷たい風にあたりながら缶ビールを飲んでいる。仕事から帰ってきて先に奥さんが酔っぱらっていたら嫌だろうな、と思うが、言わない。前に「旦那はあたしに無関心だから」と言っていた。余計なことを言ってエンドレスの愚痴がはじまったら面倒くさい。

「明日、職場で会えるじゃない」

「そうじゃなくてー」と、明菜さんが口を尖らせる。

小さい頃からこの町を出たくて、奨学金までもらってなんとか都内の三流大学に進んだのに、結局、就職で戻ってきてしまった。けっこう大きな会社なのにとんとん拍子に内定が決まり、単純に喜んでいたら、三か月の研修の後に工場勤務を告げられ、それが生まれ育ったこの町だった。地方に飛ばされて辞める人間が多いとは聞いていた。会社側としては、出身の町ならば知り合いもいるだろうし辞められる心配はない、と判断したようだ。

これといって何もないこの町は工場だけがやたらと多い。この町で生まれた子どもは高校の間にほとんどが免許を取り、車やバイクを買うためにバイトに励む。バスや電車は一時間に二本だけ、車がなければ移動手段がない田舎なのだ。この町で育った人間はみんな単純作業が得意になる。ベルトコンベアに乗って流れてくるパンや菓子や電化製品やらを検品するバイトに一度はついて大人になるからだ。管理職とはいえ、まさか学生時代と同じ職場に通うことになるとは思わなかった。

それでも、転職しようと思うほど嫌ではない。なんとなく単調な毎日を続けられてしまう自分は、やはりこの町の気質に根深く染まっているのだと思う。考えても仕方がない、と退屈さを呑み込み、ただだらだらと流れてくるものを処理して、生きている実感すらなく生きていく。そんな空気に満ちた町。

明菜さんと目が合う。まだ不満げに俺を見つめている。こういう暇を持て余した主婦がこの町には掃《は》いて捨てるほどいるので、俺もそこそこ楽しめる。

「じゃあ、明日はバスでくれば？　そうしたら、帰りに俺が送ってあげるけど」

そう提案すると、すぐに機嫌が直った。「えー他のパートさんに疑われちゃうよ」とか言いつつ得意げな顔をしている。

携帯をちらりと確認する。この家に入ってから三十分以上経っている。あまり長く車を停めておくと人目につく。麦茶を半分だけ飲んで、台所カウンターに置く。

シャツをはおると明菜さんが「そういえば」と言った。

「さっき国道を歩いていたのって、中嶋《なかじま》歯科の娘さんじゃない？」

「あーそう」

「そうだと思うよ。ちょっと前に東京から帰ってきたみたいだから、車持ってないんじゃない。恭一、同じ学年じゃなかった？」

「そうだっけ？」と知らないふりをする。

「そうでしょ。一緒の高校じゃないの？　あんた、うちの従弟《いとこ》と同じ歳《とし》だったわよね。だったら同じ学年じゃない」

「あんま覚えていないな」

「あの子、頭いいって有名だったじゃない。東京のすごく賢い大学行ったって。まあ、恭一みたいのとは接点ないか」

明菜さんが口の端で笑う。「あんた、高校の時からろくな噂ないもんね。ねえ、それってやっぱさあ……」

「今は明菜さんのせいですけどね。じゃあ、明日」

玄関へ歩きだすと、明菜さんが「まだ大丈夫だって」とついてきた。振り返り、キスでごまかす。ビールの匂いがした。壁に押しつけて唇を強く吸うと、とろんとした目で俺を見上げてきた。「明日ね」と頬を軽くつねる。女って簡単だ。ちょっと情熱的に触れただけですぐ頭のヒューズが飛ぶ。

斜めになった玄関マットを直して、スニーカーを履く。片方の紐が解けかかっていた。座って結んでいると、明菜さんが後ろにしゃがみ込んだ。

「恭一って、はじめてしたのって幾つんとき？」

「中一かな」

「なにそれ、はやっ。エロいはずよね。先輩とかと？」

「まあ、そんな感じ」

振り返り「父親の血じゃない？」と自虐気味に笑うと、明菜さんは興味津々のくせに「そうなのかな」とぎこちなく笑った。

背中を向けて話題を遮る。この町の誰もが知っていることだ、今さら俺が話すまでもない。俺の親父はひどく女癖が悪いので有名だった。毎夜数軒しかない飲み屋を渡り歩いては、手当り次第に口説いていたらしい。実際、そんなことをしなくても女が放っておかないタイプだったと、祖母や母親はため息交じりに言った。そんな親父は俺が小学四年の時に人妻と失踪した。

俺の母親は小さなカラオケスナックを経営していて、親父とは二度目の結婚だった。親父はほとんど家にいなかったので、よく覚えていない。失踪したことにすらしばらく気付かなかった。そんな関係だったせいか、母親は親父の失踪後もそんなに落ち込んでいるようには見えなかったし、三か月足らずですぐに新しい恋人を作った。ちなみに、いま同棲している男はまた違う男だ。

母親は母親で、揃いも揃って男運が悪いと噂される家の出だった。母の歳の離れた妹、つまり俺の叔母は早くに夫に先立たれ、スナックを手伝いながらしばらく家《うち》に住んでいたことがあった。

その叔母が俺のはじめての相手だった。

ひときわ蒸し暑い夏の日だったことを覚えている。二階の自分の部屋で昼寝をしていたら叔母が入ってきた。

その前からちょくちょく視線を感じることはあった。その視線が何を意味していたのか考えることもなく、叔母に導かれるまま身体に触れた。

叔母と話した記憶はほとんどない。言葉を交わすことも気持ちを確かめることもなく、はじめて知った快感に我を忘れて、夏休みの間中、母親の目を盗んでは抱き合った。叔母が俺のことをどう思っていたのかも、自分が叔母に惹かれていたのかもわからなかった。ただ、何か悪いことをしているという自覚だけはあった。けれど、その後ろめたさも欲情を誘う材料にしかならなかった。

関係を持つようになって半年が経った頃、叔母は漂白剤を飲んで自殺を図った。未遂に終わったけれど、その時、子どもが流れた。恐らくは俺の子だったのだろう。叔母は退院すると町を出て行った。

はじめて捨てられた気がした。女は勝手だと思った。

町はしばらく、父親は誰だという噂で持ちきりだったが、俺の名はあがらなかった。いつの間にか、失踪したはずの親父が父親だったという噂が広まりだした。父親の失踪時期とは全く違っていたのに、その噂はまことしやかに定着した。そういう町だ。叔母とは、あれ以来会っていない。時々、漂白剤の匂いを嗅ぐと思いだすくらいだ。ぼんやりしていたようで、明菜さんの声で我に返った。

「え、なに？」

立ちあがる。

「何していたんだろうねって言ったの。中嶋さんとこの娘さん。あんなとこ歩いて。あの辺りって何もなくない？　空港とラブホテルと高速道路くらいじゃない」

また絹子の話をしていたようだ。緑に囲まれたまっすぐな道路をぽつんと歩いていた人影を思いだす。

最後に会ったのはもう五、六年くらい前だろうか。あの妙に姿勢の良い背中も、前だけを見つめて進む歩き方も変わっていなかった。そういえば、大きな荷物を持っていた気がする。旅行だろうか。歩いて空港まで行ったら二時間はかかる。

「あの子さあ」と、明菜さんが声をひそめる。「ちょっと病《や》んじゃって帰ってきたみたいよ」

「そう、都会疲れじゃないの」と適当に言って、ドアノブに手を伸ばす。

「なんか自殺しようとしたらしいよ」

手が止まる。思わず振り返ってしまった。

「不倫してたみたい。あんなに大人しそうなのにね。子どもができちゃって、堕ろせって言われたらしいよ。せっかくいい大学行って、顔だってけっこうきれいなのに勿体《もったい》ないよね」

明菜さんは嬉しそうに話し続ける。この町の人間は噂話をする時だけ生き生きする。いつもなら薄笑いを浮かべて流すのだが、妙に明菜さんの笑みが引っかかった。自分だって不倫しているくせに。おまけに今日だってコンドームをつけないでやったのに。

「ふうん、でも、それって他人事《ひとごと》じゃなくない？」

俺が笑うと、明菜さんがすっと真顔になった。ヒステリーを起こされる前に「じゃ」と言って外に出た。

ドアを閉める瞬間、室内の冷たい空気がわずかに流れて、漂白剤の匂いがふっと蘇《よみがえ》った気がした。


はじめて絹子を見たのは、高校の入学式だった。クラスも同じで、ななめ前の席でまっすぐ黒板を見つめていた。絹子は友人らしき女子に話しかけられても、お愛想程度に微笑《ほほえ》むだけで、自分から誰かに喋りかけることはなかった。

どこか遠いところを見ているようだった。横顔をしばらく見つめて、叔母に似ていると気付いた。顔ではない、まとう空気が叔母に似ていた。

俺と睦《むつ》み合っていた頃の叔母は確か三十前後だった。色白で、濡れそぼった鳥のような哀しげな風情をしていたが、脱ぐと豊満で女の貪婪《どんらん》さがあった。そんな叔母と、高校生になったばかりの華奢な絹子は、外見はどう見ても似てはいなかった。おまけに絹子は真面目で成績優秀だった。ヤンキーばかりの環境の中でも、一度も髪を染めなかったし、ルーズソックスを履くことはおろか、制服のスカート丈を短くすることもなかった。

けれど、似ていた。ふとした瞬間に見せる表情が叔母と被ることがあった。絹子には歳に似合わぬ張りつめた雰囲気があったし、どことなく喪失の気配があった。

その前から中嶋絹子の名前だけは知っていた。俺が父親に捨てられたように、絹子も母親に捨てられた子だったからだ。絹子の家は代々歯科医院をやっていて、母親は町の外からきた女だった。綺麗な人だったらしい。が、ある日、町の若い郵便局員と駆け落ちしてしまった。

絹子はまだ五歳だった。突然、保育園の送り迎えをするようになった絹子の父親は、周りの母親たちの噂の的になった。絹子の母親が大人しく、あまり自分のことを話す人ではなかったことも噂話に拍車をかけた。あんな顔して実は相当の男好きだったとか、以前は水商売をしていて絹子の父親にさんざん貢《みつ》がせたとか、根も葉もない噂が広まり、まだ五つの娘と夫を捨てた女はいつしかひどい悪女になっていた。

絹子の父親は娘と二人きりで暮らし続けた。

田舎という閉鎖環境は同じ血を持つものに同じ生き方をさせる。もしくは真逆の生き方を。絶えることのない噂話と偏見に満ちた目に常に晒《さら》され、いつの間にか、そう、させられる。俺が前者だとしたら、絹子は後者の生き方をしようとしているように見えた。母親とは違う清廉潔白な生き方を。

絹子の見た目は悪くなかった。むしろ田舎では目立つくらいだった。けれど、絹子は化粧気もなく、誰とも付き合わず、ひたすら真面目に勉学にいそしみ、学校が終わると父の病院の受付を手伝ったり家事をしたりしていた。

優等生の絹子が自分の境遇と同じだという事実は妙に惹かれるものがあった。絹子の必死に女らしさを隠そうとする姿を見つける度に胸が騒いだ。誰も気付けない匂いを嗅ぎわけたような気分だった。俺はついつい絹子を目で追うようになった。その癖は誰と付き合っても直らず、高校の三年間ずっと続いたが、絹子と直接関わることはほとんどなかった。絹子は俺のような不真面目な男子を明らかに避けていた。


外はうっすら暮れかかってはいたが、まだ明るかった。俺は車のスピードをあげて、先ほど通った道を引き返していった。

夕方とはいえ真夏だ。国道沿いには日陰もなく、おまけにこの辺りは畑や田んぼだらけでチェーン店や喫茶店すらない。もう、いい加減タクシーでも呼んだか、バスに乗っただろう。

そう思いながらも車を急がせていた。明菜さんの言った「自殺」の言葉が頭の隅でちらちら揺れていた。

さっき見かけた場所からそんなに離れていないところで細い人影を見つけた。スピードをあげて近付く。人影は横を向いていた。トランクの上に座って車道の方を見つめている。まぎれもなく絹子だった。

数メートル過ぎてから車を停め、クラクションを鳴らしてみた。絹子はほっそりした顔をこちらに向けると、片手を「要らない」というように振った。ヒッチハイクかナンパかと勘違いしているのだろう。

仕方がないので、エンジンを切って車から出た。警戒した表情で腰を浮かしかけた絹子が俺の顔を見て、小さく口をひらく。俺が誰かはわかったようだったが、警戒の色は残ったままだった。まあ、当たり前か。

「ひさしぶり」

近付くと、絹子は立ちあがった。黒い地味なワンピースに日よけのシャツをはおっている。真っ白な顔が日焼けのせいかところどころ赤くなっている。髪は相変わらず黒かったが、顎上《あごうえ》くらいのボブになっていた。変わったのはそれだけで、あとは大学生の時とほとんど同じだった。

面長の顔にくっきりとした目鼻立ち。こしのある豊かな髪。すらりとした身体。美人といえないこともないのだが、どうも威圧感が先にたって可愛げには若干欠ける。特にこんな田舎では男を萎縮させてしまうタイプだ。多少、全体的に凡庸《ぼんよう》でも、明菜さんの低い鼻や厚ぼったい唇の方が男受けはするのだろう。

こうして改めて眺めてみても、好みではない。けれど、やはり絹子には何かしら惹かれるものがあった。

「こっち帰ってたんだ」

返事がないので、もう一度声をかけてみる。絹子はまだ黙ったままだ。遠くでヒグラシが鳴いている。足元のアスファルトから熱気が這いあがってくる。

「こんなところで何してるの?」と訊くと、やっと「空港に……」と小さな声で答えた。後半は聞きとれなかった。絹子は俺から顔を逸《そ》らすと、トランクを引きずり、空港と逆の方向へ歩きだした。

「逆じゃない?」

笑いながら前を塞ぐと、きっと睨みつけてきた。

「どいて。もう用事は済んだし帰るところなの」

きっぱりとした声。命令口調が似合う。

「歩いて？」

「そう」

「なんで？」

「なんとなく、歩きたかったから」

「乗っていかない？」と言うと、ゆっくりと首を左右に振った。半ば予想はしていたので「わかった」と背を向けて車に戻った。すぐに車を発進させる。バックミラーを見ると、絹子が不意を突かれた顔で立ちつくしているのが見えた。

しばらくまっすぐ走らせると小さな住宅街の方へ曲がり、コンビニに入って飲み物とスナック菓子を買った。少し迷ってアイスクリームバーも適当に二本選び、レジに持っていった。ついでに煙草《たばこ》も買う。

車を飛ばして国道に戻ると、トランクを引く絹子を追い越して、近くの潰れたガソリンスタンドに車を停めた。降りて、歩いてくる絹子に向かって手を振る。

「喉、渇かない？　アイスも買ってきたけどー」

絹子は立ち止まった。ため息をついたようだった。それから、俺を見つめて根負けしたように小さく顎《あご》を揺らした。

俺の買ってきたポカリスエットのペットボトルを一気に半分以上あけると、絹子は大きな息を吐きながら朽ちかけた給油機にもたれた。

「本当に空港から歩いてきたんだな」

煙草を吸いながら言うと、絹子は顔をあげ、「ありがとう。助かった」と肩掛け鞄から財布を取りだした。

「アイスもどう?」とビニール袋を差しだす。絹子はちらりと俺の表情をうかがってから近付いてきて、ミルクの方を手に取った。俺はラムネ味の袋を破く。もう溶けかかっていた。

カチという音がして、見ると、ボンネットの上に五百円玉が置かれていた。絹子は少し離れた場所で黙ったまま首を突きだすようにしてアイスを食べている。白い液体が絹子の手元からぽたぽたとこぼれ、ひび割れた灰色の地面に染みを作っていく。

俺はしばらく彼女を見つめた。絹子の頑《かたく》なな態度は俺を許していないようにも見えたし、ポーズのようにも見えた。昔から、この女の考えることはわからない。

「なあ」と、地面の白く濁った染みを見つめたまま言った。「俺がこの町に戻ってきてたの知ってた?」

「帰ってきてから知った」

絹子はアイスをひとくち齧《かじ》り取った。俺をまっすぐに見る。

「一回、高校のクラスの子たちと会った時に。職場のパートさんに片っ端から手をだしているって聞いた」

「そう」と薄く笑ってしまう。癖だ。

「軽蔑した？」と訊くと、絹子は小さく肩をすくめた。肯定でも否定でもない、というように。

「別に。だって、主婦になった子たちってみんな言うじゃない、たまには恋がしたいって。私、あの言葉が嫌い。なにそれって思う。セックスがしたいか、安全圏でドキドキしたいだけでしょう。はっきりそう言えばいいのに。でも、あなたの存在はそんな彼女たちの役にたっているんじゃないの」

絹子はすらすらと言った。彼女の口から「セックス」という単語がでたのに驚き、遅れて、大人しそうに見えて理詰めで皮肉っぽく話す子だったことを思いだした。俺が笑うと、不愉快そうに眉間に皺を寄せた。

「ねえ」と絹子に一歩近付いた。甘ったるいだけのアイスクリームバーを草むらに放る。かすかに絹子が身をひいた。

「あの晩のこと、覚えている？」

絹子は答えなかった。代わりに威圧するように顎を少しあげて俺を見た。その拍子に、絹子の手の中のアイスがぐらりと傾き、棒から地面にすべり落ちた。
絹子はずるずると溶けひろがっていく塊に目を落とし、また俺を見つめた。

絹子と偶然の再会をしたのは、大学二年の時だった。ちょうどこんな真夏日の夕方だった。

俺が当時住んでいたボロアパートは、元はどこかの大学の男子学生専用の寮だった建物で、家賃が安い代わりにトイレも台所も風呂も共同だった。女子がいない分、気楽だったし、入居している者同士の仲も悪くなく、しょっちゅう誰かの部屋に入り浸っては麻雀やゲームをしていた。

ほとんどの部屋にはクーラーがなかったので、夏休みになると大抵の入居者は実家に帰ってしまい、アパートはほぼ無人になった。

アパートの道路を挟んだ向かいには小学校があり、ここも夏休みは無人になったので、辺りには蟬の声ばかりが響いていた。その頃、付き合っていた彼女も帰省してしまい、バイト以外することがなくなった俺は、毎日アパートで溶けたアイスのようにだらだらと過ごしていた。

ある夕方、バイトから帰ってくると、高い女の笑い声が聞こえた。男の声と水音もする。小学校のグラウンドの方から聞こえた。子どもの声ではなかった。誰かが小学校に侵入してプールではしゃいでいるようだった。プールのフェンスは簡単に越えられる高さで、俺も酔った勢いでアパートの奴らと飛び込んだことがあった。

アパートのベランダを見上げた。洗濯物がはためいているのは、隣の大野《おおの》という同い年の大学生の部屋だけだ。大野はちょっとくせのある笑い方をする。プールから聞こえてくる男の笑い声は大野によく似ていた。

大野は有名大学の農学部に通っている。しょっちゅう泊まり込みで研究だか実験をしているらしく、麻雀や部屋飲みに誘ってもあまり来ることはなかったが、感じのいい男でみんなから慕われていた。頭が良くて、でも嫌味なところはなく明るくて、面倒見がいい。男からも女からも好かれそうな奴だった。何か欠点があるとすれば、ちょっと服がダサいことぐらいだ。

その大野に付き合っている女がいるのは知っていたが、一度もアパートに連れてきたことはなかった。暇だったこともあり、どんな女か気になった。俺は部屋に戻ると、窓辺で煙草を吸いながら大野たちが帰ってくるのを待った。

やがて、がっちりした体形の大野と、男もののTシャツを着てバスタオルを被った女が通りを走ってやってきた。不法侵入をした興奮のためか、二人は目を見交わしながらひっきりなしに笑っていた。

女の短パンからでた脚を見て、あれ、と思った。どこかで見た走り方だった。けれど、明るい笑い声と記憶が結びつかない。考えているうちに二人の姿はアパートの中に消え、すぐに階段を上る足音が聞こえてきた。

アパートの壁は薄い。隣の部屋に二人が入った気配がして、話し声が聞こえてきた。はっきり内容はわからないが楽しく喋っているようだ。大野の荒い足音とは明らかに違う柔らかな足音が窓辺に近付く。ベランダに続く窓が開く音がして、「洗濯物、入れようか?」という女の声が聞こえた。大野が何か言う。女は「いいって、いいって、大丈夫、見ないで入れるから」と笑った。古い木の床がわずかに軋《きし》む。女がベランダに出たようだった。

声に引き寄せられるように俺もベランダに出ていた。塗料の剝《は》げた手すりに近付くと、はためく洗濯物の隙間から女の横顔がちらちらと見えた。夕日に目を細めている。女は俺に気付くと、微笑みを浮かべながら頭を下げかけた。その頭が止まる。はっと顔をあげて俺を凝視したのは、絹子だった。

こんなところで会うとは思っていなかった。現実味がなくて、俺はしげしげと絹子を見つめた。絹子はひきつった微笑みを顔に貼りつけたまま、固まっている。

けれど、凍りついていたのは一瞬だけだった。絹子はベランダを仕切る手すりに素早く飛びつくと、しゃがみ込み、声を潜めて何か言った。小さいが鋭い声だった。聞きとれなくて、身をかがめて顔を寄せる。絹子の長い濡れ髪からはプールの塩素の白い匂いがした。

「お願い」

耳元で囁《ささや》かれた。

「大野くんには黙っていて。私たちが知り合いだってこと」

混乱した。俺と絹子は知り合いというほどの仲ではなかった。同じ町の同じ高校出身というだけだ。大野だって彼女の男友達を制限するような束縛が強いタイプには見えない。

ややあって、気付いた。絹子は高校までの自分を、あの町ごと捨てたいのだ。あんな風に男とはしゃぐ絹子は地元では見たことがなかった。

もしくは、よっぽど俺に悪い印象があるのだろう。笑いがもれたようで、絹子が訝《いぶか》しげな表情を浮かべた。

「なんでもするから、お願い」

絹子は低い声でもう一度言った。真剣な顔をしていた。間近で見たすっぴんの絹子は、不安そうにしているせいか幼く見えた。いつも目で追うだけだった優等生の絹子が、必死になって俺に懇願しているのが面白くて、つい悪戯心がでた。

「じゃあ、今夜、こっちの部屋にこいよ」

「え」と絹子が口をひらいた。「でも、今日は泊まっていくし……」

夕日が絹子の頬を染める。恥ずかしそうな様子を見ると、ますます虐《いじ》めたくなった。「あいつが寝てから。鍵開けとくし。大丈夫、こっちまであいつのイビキ聞こえるからさ。聞こえなくなったら戻ればいい」

ちょっと困らせるだけのつもりだった。なのに、絹子は神妙な顔で頷《うなず》くと、ぱっと立ちあがった。

慌てて引き留めようとした途端、絹子の後ろから大野が顔をだした。「ごめん、ごめん」と言いながら洗濯物に手を伸ばす。俺に気付くと、照れたように笑って「彼女」と絹子を紹介した。絹子は頭を下げると「はじめまして」と微笑んだ。

その夜のことは、今でも本当にあったことなのか判然としない。

風のない熱帯夜で、空気は重く、ぬるい水のようだった。

絹子が来るのか来ないのか確証のないまま、鍵をかけずにベッドに横になった。

ドアノブがゆっくりとまわって、影が音もなく入ってきたのは深夜を過ぎた頃だったと思う。もう部屋の電気を消した後だった。網戸から差し込む月の光が部屋を青く照らしていた。

歩き方で絹子だとわかった。絹子は黙ったままやってくると、俺の横にそっと身を横たえた。タンクトップから伸びた腕が骨のように青白かった。手を伸ばすと、すっと起きあがり、自分で服を脱いだ。

絹子の身体と髪からはまだ塩素の匂いがした。

ふいに叔母が飲んだ漂白剤と彼女の豊満な白い肉体を思いだし、背筋に冷たいものが走った。なのに、俺のものは熱く猛《たけ》っていた。

引き寄せると、絹子は身体を強張らせた。膝もかたく合わせている。顔を背けていたので耳たぶを噛むと、びくっと肩を震わせた。首から鎖骨、胸、腹へと舌を這わせ、脚を強引にひらいて顔をうめた。絹子は腰をよじらせて嫌がったが、充分に湿っていた。舌先に絹子の濃い匂いを感じた。我慢ができなくなり、逃げようとする絹子を押さえつけ、無理やり、なかに押し入る。絹子が悲鳴をもらした。その瞬間、何かがぷつんと音をたてて切れて、気付くと、むちゃくちゃに突いていた。激しく突けば突くだけ深く繋がれる気がして、貪るように腰を動かした。絹子は目をかたく閉じ唇を噛みしめていたが、何度も覆いかぶさるうちに肌がうっすら汗ばんで、身体が柔らかくなっていった。ずぶずぶと呑み込まれていくような錯覚に襲われた。足首を摑んで脚を大きくひらかせ、奥の奥まで貫くと、絹子は身体を硬直させてびくびくと痙攣《けいれん》した。なかがきゅっと締まり、白い閃光が頭の中で弾けた。折り重なったまましばらく脱力していたが、俺がまた動きだすと、絹子は喉の奥で呻《うめ》きながら、ぎこちなく自分から腰を擦《こす》りつけてきた。手で口を押さえて必死に声を押し殺す様《さま》は、俺の劣情をいっそう煽《あお》った。汗でぬるぬる滑る身体を蛇のように絡ませながら何度も交わった。塩素と体液の匂いが混じり合い、部屋中に満ちて、過去と現実がごっちゃになって自分が誰と睦み合っているのかわからなくなっていき、やがて、思考も身体もぐずぐずに溶けていった。

ほんの数時間の眠りだったと思う。カーテンの隙間からもれた朝の光で目を覚ますと、絹子の姿はなかった。

代わりに赤い染みがひとつ、シーツの上に残っていた。

女のして欲しいことが、俺にはわかる。そういう自信は高校くらいの頃からあった。だから、強引なこともできた。

けれど、絹子に関してはわからないことだらけだった。

あの赤い血が意味することもわからなかった。絹子が処女だったかもしれないという可能性は俺をひどく狼狽《ろうばい》させた。それは大野に対する罪悪感からではなく、絹子という女の真意をはかりかねたからだった。

どうして俺の言いなりになったのだろう。好きでもない男に処女を捧げてまで、隠さなければいけない過去などなかったはずだ。

大野とまだセックスをしていなかったことも驚きだった。けれど、大野は俺とは違う。俺は女の「嫌」を信じない。それどころか、女は願望と反対のことを口にする傾向があると思っている。けれど、大野は女の嫌がることはしない男だったのだろう。自分からは絹子に手をださなかったのかもしれない。

そのうち、俺は絹子に嵌《は》められたのだろうか、と考えるようになった。「なんでもする」と言った時の絹子の目に女の媚《こ》びがあったような気がしてきた。

奪ったのか、奪わせられたのか。一体どっちなのか。

捉えどころのない、本当にあるのかもわからない、逃げ水のような罠にかかってしまった気がした。

悩むうちに隣の部屋から行為中の声がもれてくるようになった。俺との時は必死に押し殺していたのに、絹子は大野の前では甘い声をあげていた。その声が日々こなれていくに従って、いいように利用されたのではないかという疑いが強まっていった。

けれど、どうして絹子があんなことをしたのかはわからないままだった。

俺が身体を奪った代わりに、絹子は俺の心から、女に対して残っていた何かを根こそぎ奪っていった気がした。期待とか、幻想とか、そういうぬるい何かを。

冬になる頃、大野は彼女と住むのだと言って引っ越していった。それきり、絹子の声を聞くことも姿を見ることもなくなった。

青みを帯びていく空気の中、絹子は俺を見つめ続けていた。表情は読み取れない。軽蔑しているようにも、何も感じていないようにも見える、冷たい顔だった。

やがて、小さく息を吐くと、すっと目を逸らした。俺は煙草に火を点けた。いつの間にか、ヒグラシは鳴き止み、辺りには夕闇の静けさが漂いはじめている。

道路を挟んだ田んぼの中ほどに鎮守《ちんじゅ》の森が見えた。緑が黒い陰になっていく。中腹の朱の鳥居がぽっかり浮かんでいた。

「大野くんのこと、覚えている？」

ふいに絹子が言った。

「もちろん覚えているわよね。彼ね、亡くなったの。ちょうど今頃、院生の時にね、バイクで国内旅行していて事故に遭って。事故って言っても誰も巻き込んでいない、山道のカーブでスリップしただけなんだけど、そのままあっさりと」

驚いた。大野が死んだという事実もだが、絹子の淡々とした口調に。絹子は俺の反応などおかまいなしに続けた。

「毎年、命日には九州のご実家に行っていたの。彼とは結婚の約束もしていたし。でもね、さっき空港であっちの親御さんから電話があってね。もう来ないで欲しいって言われてしまった。まだ若いんだから新しい人生を生きて欲しいんだって。それに、辛いって。私を見ると、どうしても思いだしてしまうから。まあ、仕方ないよね」

遠くの民家にぽつぽつと灯りが点りだす。辺りはどんどん暗くなっていく。

「それで、これからどうしたらいいかよくわからなくなって、とりあえず歩いて帰ってみようと思ったの」

明菜さんの言っていた噂話を思いだす。不倫というのは誰かの作り話だったようだが、自殺未遂についてはどうなのだろう。絹子の手首を見たが、男物のようなごつい時計に隠れてよく見えない。

「……まさか、変なこと考えてないよな?」

絞りだすようにして言ったのに、絹子は俺を睨みつけてきた。

「変なことってなに? 自殺とか? もちろん考えたわよ。だって、大野くんとなら思い描いた通りの人生が送れるって思っていたから。彼との関係は完璧だった。死って最高の略奪じゃないかと思う。私は彼の死ですべて奪われてしまったもの。ただひとつの汚点以外は」

「汚点?」

「そう、汚点。あなたよ」

すうっと血の気がひいた。「あなたのせい」と、もう一度絹子は言った。

「俺のせい? まさか、あいつ知ってたの?」

「知るわけないじゃない。きっと疑いもしてなかった。そういう人だった。だから、穢《きたな》い嘘で汚れた私に後を追う権利なんてないって思った」

その時、はじめて気付いた。絹子の目に宿っているのは憎しみだった。冷たい憎しみが凍りついていた。それを向けられていると知った途端、身体が熱くなった。

「汚れた？　なんだそれ、そっちが仕掛けてきたんだろ。勝手に自分の身体投げだしておいてよく言うよ」

女はいつもそうだ。勝手だ。男の性欲を操って、自分を損なわせる道具にする。そして、勝手に被害者ぶる。憤りが止まらなかった。

「だいたいあの時、お前だって感……」

「やめてよ！」

絹子が大声で俺を遮った。肩が震えている。

思わず目を逸らしてしまった。居心地が悪くて口をひらく。

「……お前さ、あの時何がしたかったの？　何をそんなに隠したかったんだよ」

絹子が虚《うつ》ろな目で俺を見た。

「わかんないの？　母のことよ。あなた、知っているでしょう。あなただけじゃない、この町で知らない人なんかいない。家庭を捨てて男に走った女の可哀そうな娘だって、そういう目で私を見てきたじゃない。どんなにきちんとしていても、あの女の娘なのに意外だとか噂されるのよ。娘である限り、何をしても母と比べられる。私、大野くんにはああいう目で見られたくなかった。知られたくなかった。あの目はもう、うんざりだったの」

絹子の目は俺を見ているようで見ていなかった。

「本当にそれだけか？」

そう問うと、首が人形のようにふらりと揺れた。

「どうだろう。どうなんだろう……私、女になるのが怖かった、ずっと。母みたいになってしまいそうで。それは大野くんと付き合っても変わらなかった。あなたのこともなんだか怖かった。私と境遇が似ているのに、何も感じてないみたいに飄々《ひょうひょう》としていて。でも、あの晩、ふっと思ったのよ。母は不貞を働いた時、本当は何を思ったのだろうって。私たち一家は幸せだったはずよ、父と母は仲が良かったし、母はみんなに優しかった。その幸せを一瞬で壊したものが、私は怖いのかもしれないと思った。だったら、早いうちに知っておこうと……知って、捨ててしまおうと思った気がする。きっと、魔がさしたのよ……」

「だらしない俺だったらなかったことにしてくれるから？」

絹子は小さく頷いた。

「けれど、残ったの。彼を裏切ったという気持ちが」

何も言えなかった。絹子は堰《せき》を切ったように喋り続けた。

「大野くんはもういない。今は、いないということだけが、くっきりと在るだけなの。私にはそれだけ、後は取り返しのつかないひとつの後悔。そのせいで後も追えない。いつまでもこんな風に生きていかなきゃいけないのかと思うと、時々叫びだしたくなるけれど、今のところなんとか堪えて生きているの。狂わずに、投げださずに。人から見たら当たり前のことかもしれないけれど、自分では上出来なの、褒めてあげたいくらいに。なのに、どうしてあなたが平然と私の前に現れるの？　確かに逆恨みかもしれない。でもね……」

絹子はうつむいた。もう足元は真っ暗で、アイスの染みも見えない。闇に呑まれていくようだった。

「私、あなたが嫌い。大嫌い。なんで、ここに、あなたがいるの。あなたは私から奪うばかり。大嫌い」

そう言うと、しゃがんで顔を覆った。泣いているのだとわかった。けれど、言葉をかけることも、背中に触れることもできなかった。絹子は声を押し殺して、身体を震わせていた。

こいつはいつだって俺の前では声をあげない。そんなことを思いながら短い襟足を見つめた。ずっと長かった髪を切ったのはいつなのだろう。絹子の中では大野が死んだ時から時間が止まったままなのだと思った。短い髪はその証《あかし》に思えた。

絹子が落ち着くのを待って、車に乗せた。絹子は後部座席で背筋をのばして窓の外の暗闇を見つめていた。何も会話はなかった。

中嶋歯科医院がある方向へ道を曲がろうとした時だけ、絹子は「もうそっちじゃないの」と呟いた。

「お父さんと一緒に住んでないの？」という俺の問いに、絹子は薄く笑った。

「新しい奥さんと子どももがいるし。邪魔でしょ」

絹子のマンションは駅裏にあった。絹子は「送ってくれてありがとう」とだけ言って、俺に背を向けてエントランスに吸い込まれていった。

次の日、早めに仕事を終えると、近くのファミレスで待っていた明菜さんを乗せた。夕立があったようで道は濡れていた。空気はもわりと湿気《しけ》ている。息苦しかったので冷房を強くしたら、明菜さんに寒いと言われた。機嫌が悪そうだ。俺も昨日からすっきりしない気分が続いていたので、話をふる気にもなれず沈黙が続いた。

雨上がりの空は、夕方だというのに妙なくらい晴れていて、昼間に戻ったような錯覚を覚えた。城のような入道雲が空の端に浮かんでいる。

明菜さんの家の前に着くと、俺はもたれかかってわざと甘えた声をあげた。

「ねー明菜さん、今夜どっか泊まりに行こうよ」

明菜さんは俺を一瞥《いちべつ》すると、「中嶋さんとこの娘さんといけば？」と冷たい声で言った。

思わず顔をあげると、「昨日一緒だったんでしょ」と意地悪そうに笑った。ダメージを与える最適のタイミングを狙っていたのだろう。唐突に白けたものが広がっていった。俺の気配を感じとったのか、「なに怒っているのよ？」と明菜さんが覗き込んでくる。

「別に。本当に狭くて鬱陶《うっとう》しい町だなって思って」

「責めてるわけじゃないんだけど」

「責める立場じゃないもんね」

そう言い返すと顔色が変わった。

「嘘つかれるのが気持ち悪いの。知り合いならそう言えばいいのに、知らないって言ってたじゃない。なんだかんだ、男の人ってああいう幸《さち》の薄い美人が好きよね」

「俺、ああいうの無理」

「薄幸系ってエロいよな、とか前に言っていたじゃない」

ぶっきらぼうに返したのに明菜さんは追及を止めてくれない。面倒になってくる。

「薄幸系と本当に幸が薄いのは全然違うよ」

「なに、あの子、やっぱりヤバい不倫してたの？」

突然、声に艶《つや》がでる。うんざりした目で見ると、「何よ」と怯《ひる》んだ顔をした。

「とにかく、あいつとはないから。俺のこと嫌いなんだってさ。苛つくし、その話もう止めて」

「そんなこと言われたの」

「言われた。大嫌いだってさ。俺は女を損なうんだって。まあ、そうなんじゃない」

明菜さんはしばらく黙っていた。いい加減、車内が蒸し暑くなってくる。

「なあ……」

「なんだ、それで拗《す》ねてるの」

ふいにきっぱりした声で遮られた。俺の顔を見て、鼻で小さく笑う。

「は？」

「恭一ってほんとコドモだね。あんな出来の良い子が嫌いって口にする意味をちゃんと考えたの？」

「なに？」

「あたしが嫌って言っても、あんた構わず抱くじゃない。女は嘘つきだって言って。でも、あの子に嫌いって言われたらすごすご引き下がるんだ」

「どうしたんだよ」と言いながらも絹子のことが頭をぐるぐる回りだした。嫌いは嫌いなんだろう、他に意味なんてない気がする。明菜さんが大袈裟なため息をついた。

「あたし、あんたに何回も好きって言ったけど本当は好きじゃない。こうやって遊んでる女はみんな、恭一のことなんか好きでも嫌いでもないよ。あのね、女は心でも身体でも嘘をつけるの、自分にも他人にもね。でも、嫌いって思い続けるのは、それだけ残ってるってことなんじゃないの?」

「え」と明菜さんを見ると、ため息をつきながら頭を振った。

「わかんないよ、あたし、あの子じゃないし。自分で確かめるか、考えるかすれば?」

投げやりに言うと、「ああ、なんかもう馬鹿馬鹿しくなってきた」とシートベルトを外した。

「もう連絡しないで」

ドアを開けかけた腕を掴む。

「明菜さん」

「なに、もう……」

何と言ったらいいかわからなかった。けれど、頭のもやは晴れていた。だから、浮かんだ言葉をそのまま伝えた。

「ありがとう」

明菜さんの顔がゆがんだ。いつもの媚びた作り顔じゃなかった。その顔はけっこう可愛くて、一瞬惜しい気持ちがよぎったが、手を離した。

明菜さんは車を降りて、玄関ポーチでちらりと俺を振り返ると、家の中に入っていった。

車を発進させて、何もない国道にでる。まっすぐな道には誰も歩いていない。

絹子の顔を思いだす。吐きだすように言った「大嫌い」。

俺も確かにあの女のことが嫌いだった。嫌いで、傷つけたくて、でも、どうしても目に入って。見つめられない自分の生い立ちを俺らは互いの背後に見ていたのかもしれない。だから、気になった。

でも、どんな感情だって情には違いない。

俺とのことは確かに汚点だろう。けれど、その汚点のせいで絹子は死ななかった。俺のあの最低の行為が絹子を救ったのかもしれないと思うのは、あまりに虫が良すぎるだろうか。

なんでもいい。とにかく絹子の顔が見たい。駅の方に向かって車を飛ばす。

俺が付きまとったら、きっと絹子は嫌がるだろう。

でも、好きなだけ憎めばいい。罵《のの》ればいい。泣けばいい。

それで生きていけるなら。

奪ったり、奪われたり。絹子とは、関わる深さだけそれを何度も繰り返していく気がした。

夕日が入道雲を染めている。炎のようなオレンジ色を背中に感じながら、まっすぐな道を走った。

かわいいごっこ

彩瀬まる

その話を初めて聞いた時、高級な黒豆みたいな艶《つや》を持つ一対の獣の目が記憶の片隅でちかりと光った。とっさに弘樹《ひろき》の肩をつかむ。

「え、え、それでもう、お姉さんにオッケーって言っちゃったの？」

弘樹は汗のしみた背広を脱ぎながらうんうんと私を見ずに頷《うなず》いた。

「だって、生まれてきた赤ん坊が羽毛アレルギーだって言われたらしょうがねえじゃん。姉ちゃん達だって予想外だったわけだし、だからってその辺に放すわけにもいかないし。でもすぐ引き取り手を探すから、そんなに迷惑はかけないって」

あ、これ、餌のやり方とか世話の仕方とか、読んどいて。そう言って、なにやら数冊の飼育本が入れられた紙袋を渡される。一度それを受け取り、事態のおかしさに「はあっ？」と思わず声が裏返った。

「いやいやなに言ってんの、なんで、なんで私が世話するみたいな流れになってるの」

「だって俺は大学の仕事あるし」

「私だって仕事あるよ！」

「でも俺よりは家にいるだろ？　小鳥なんてそんなに手間かからないから大丈夫だって。むしろデザインのインスピレーションのもとになっていいんじゃない？」

「勝手なこと言って。お姉さんに安請け合いしたんだから、あんたが面倒みなさいよ！」

強めにまくしたてるも、着替えを終えた弘樹は肩をすくめ、あーもう腹へった、腹へった、俺がなんか作るよパスタでいい？　とはぐらかすようなことを言って早々に寝室を出ていった。いつもそうだ。弘樹には面倒くさくなると議論を適当にごまかして放り出す悪い癖がある。だめだ、この人は頼りにならない。遠ざかる鼻歌を聞きながら、押しつけられた飼育本の一冊をおそるおそる抜き出す。

タイトルは『かわいくって癒される！　文鳥の飼い方』。中には様々な羽色の、やけに質感が餅っぽい小鳥のカラー写真がふんだんに掲載されていた。餌のやり方、水の替え方、掃除の手順、人に馴れさせる方法。小首を傾げてこちらを見上げる、みずみずしく丸い小さな目。

ぽってりとふくらんだ、いかにも指を埋《うず》めたら気持ちがよさそうな鳥の腹部を眺めているうちに、心の一部がうずいた。かわいい、と。ほんの少し、ほんの少しだけ思ってしまう。白文鳥は苺大福そっくりだ。桜文鳥は黒が多いから少し強面《こわもて》に見える。弘樹のお姉さんが寄越すのはどんな羽色の子だろう。そんなことを思いつつページをめくる。

トマトとニンニクのこうばしい香りが寝室に流れ込んできた。ごはんだよう、と呼びかけられて我に返る。本を閉じて、リビングへ向かった。

湯気の立つパスタをフォークで巻き取りながら、しょうがないじゃん、と弘樹は歌うように繰り返した。

「赤ん坊も、文鳥も、かわいそうじゃん。選択肢ないじゃん。自分ではなんにもできないじゃん。俺らが助けてやるしかないでしょう」

さとす口ぶりに、まるで私だけがひどく冷たい人間であるような気分になって、それこそ弘樹の言う通り、しぶしぶとしょうがなく頷いた。

それから一週間後、弘樹は車の後部座席に一抱えほどの大きさのケージをのせて帰宅した。ぷっぷっ、と不安げな鳥の鳴き声がケージを覆う布越しに漏れてくる。ケージをリビングの隅に設置し、布を取り去った。

ぱぱ、と弱い風が頰を撫でた。密に生えそろった細かな羽がはためく。

止まり木を握った薄墨色《うすずみいろ》の丸い小鳥がこちらを見返した。感情の読み取れない真っ直ぐなまなざしを受け、針でちくりと刺されたように胸がうずく。想像よりもなんだか小さい。文鳥ってこんなに小さかったたっけ。手のひらにすっぽりと入ってしまいそうだ。頭はいくぶん薄墨の色が濃いめで、ふっくりとふくらんだ頰は筆で一塗りしたような白、首から下は頭より色味がいくぶん淡い、なめらかに輝く銀ねず色。頭のサイズのわりに大きく感じるくちばしは根元が珊瑚《さんご》のように赤く、先端に向かうにつれて甘い桜色がにじみ出す。

全身真っ白の苺大福ちゃんじゃなかった、と一瞬つまらなく思うも、これはこれで味があると言えなくもない。小鳥は私と弘樹へきょときょとと交互に目線を送り、止まり木の奥へ後ずさった。

「名前はミツル。オスだって」

「ふうん」

「なんか、姉ちゃんたちが手乗り？　として育ててたらしいから、手に乗るかも」

ケージの入り口を開き、弘樹は無造作に片手を差し込んだ。途端にミツルが怯えたように羽ばたいてさらにケージの奥へと逃げる。慌てて弘樹の肘《ひじ》をつかんだ。

「怖がってる」

「だめかあ」

ケージの入り口を閉め、弘樹はばつが悪そうに首筋を搔《か》いた。しばらく飼育本をぱらぱらとめくっているものの、論文の続き書いてくる、と言って飽きたそぶりで自室へ入っていく。私は弘樹がいなくなったあともぼんやりとミツルを見つめた。丸い輪郭。苺のくちばし。止まり木を跳ねる、軽い音。かすかに首を傾げる仕草。

かわいい。見ているだけで胸がとろける。けれど濡れた小粒の目を見返すと、やっぱり心臓の一部が心もとなく痛んだ。

飼育本を片手に餌を入れ、水を替え、ケージの掃除をし、窓が開いてないことをよく確認して、リビングにミツルを放す。はじめはケージの入り口を開いてもなかなか外に出なかったけれど、数日もしないうちにミツルは室内を気楽な様子で飛び回るようになった。

意外なことにミツルがなついたのは世話をしている私ではなく、ろくに餌やりもしない弘樹の方だった。二週間ほどで指に留まり、それから間もなく、彼が帰宅すると手のひらにもぐり込んで甘えるようになった。

「やばい、かわいい！　なにこいつ。どんだけ俺のこと好きなの」

とろけるような声で言って、弘樹は何時間でも薄墨色の小鳥を撫で続けた。ミツルが目を細めて擦《す》り寄るたび、淡雪のように繊細な毛先が骨太な男の指に砕け、乱れる。もろく儚《はかな》い生き物が一心に好きだ好きだとアピールする姿は妙に淫靡《いんび》で、弘樹が夢中になるのも分かる気がした。

弘樹には体を投げ出して甘える癖に、ミツルは私が近づくといかにもいやそうに後ずさる。

それよりもなお腹立たしいのが、私が弘樹の隣に座るだけでぐるぐると耳障りな威《い》嚇音《かくおん》を放つようになったことだ。

「餌をあげてるのは私なのに、こいつ馬鹿なんじゃないの」

「やきもち焼いてるんだろ、かわいいなあ。こんなに鳥ってかわいかったんだな」

やがて弘樹はリビングにノートパソコンを持ち込んで、論文を書く間もミツルをそばに置くようになった。はじめは自室にミツルを連れ込みたそうにしていたけれど、資料の本や雑誌があまりに山積みになっていて、万が一下敷きになったら危ない、と説得した。おかげで私は、椅子じゃないとパソコンを使う最中に腰が痛くなる、と文句を言う弘樹にリビングのテーブルを譲り、隣り合った和室のちゃぶ台で新製品のラフスケッチを描くはめになった。

私より五つ年上で、今年三十二歳になる弘樹は、都内にある大学の化学系の研究室で非常勤職員として働いている。なんとか専任職に就きたいらしいが、お世話になっている教授が学内の派閥争いにあまり強くないとかで難しいのだという。専門学校を卒業し、親族が紹介してくれた帽子やストールなどの服飾雑貨を制作する会社にデザイナーとして勤めている私は、弘樹が属するアカデミックな世界の仕組みがよくわからない。ただ、時々漏れ聞く職場の話だけでも、よほど運が良くないと生き残りが厳しい世界なのだろうことはわかる。

「やっぱりさ、このまま今の教授の下にいてどんどん年をとっちゃうより、就活してどこかの企業の研究職を目指した方がいいんじゃないの」

お互いが持ち帰りの仕事を片付けていた週末。新しいコーヒーを注いだマグカップを彼のノートパソコンの隣に置きながらお決まりの一言を向けると、弘樹はパソコンのふちに留まっていたミツルをさっと指へ乗せ、あっれ、と妙な声を上げた。

「いやー聞こえない、聞こえないな。急に耳が遠くなったぞ。なあミツル」

すっとぼける弘樹の手元でミツルは甘えた羽ばたきをする。私はこめかみが痛むのを感じた。またこれだ。どんなに真面目な話でも、気が乗らないことは聞こえないふり、見えないふりでへらへらとごまかす。適当に流していれば、私がなんとかすると思っている。

けど皿洗いや公共料金の支払い、文鳥の世話ぐらいならともかく、私には弘樹の将来をなんとかすることは出来ない。本当は、早くなんとかしてよちょっとは仕事が安定しないと結婚できないじゃんお母さんに私より年収低い人を夫って紹介するの気まずいし私のとこだってちっちゃい会社だから産休から同条件で職場復帰できるかわかんないし私もうすぐ三十になっちゃうよ二十代のうちに子供一人産んどきたいんだってこのあいだテレビで卵子が加齢とともに質低下しちゃうとか超怖い特集やってたじゃん！　とまで言ってしまいたいのだが、そこまで出し切ると弘樹は確実に「ちょっと散歩に行ってくる」と逃げてしまうので、ぐっとこらえる。

ぱぱ、と視界の片隅で薄墨色の羽がひらめいた。

まだ熟し切らない苺そっくりのみずみずしい色をしたくちばしで、ミツルは自分に触れる男の爪の甘皮をついばみ、頭を嬉しそうに親指へ擦《こす》りつける。ミツルは弘樹の親指が好きだ。くわえたり、つっついたり、頬ずりをしたり、まるで親指が自分の恋人であるかのようにふるまう。サイズも近いから、愛着を感じやすいのかも知れない。

ちなみに私も、弘樹の親指が大好きだ。友だちの紹介で知り合った二十歳の頃、中学でも高校でも下から指を折って数えられるほど勉強が出来ず、それが心のどこかで引っかかっていた私に、大学院生だった弘樹は因数分解やメンデルの法則、この角度、この速さで投げられた重さ六百グラムのバスケットボールが何メートル先に落ちるのか、をお酒を飲みながら遊びのように教えてくれた。まだこんなこともわかっていないのか、と呆れられるのがいやで教師に聞けなかったことも、弘樹には聞くことが出来た。弘樹はとても頭がいいのに、それを鼻にかけるところがまったくなかった。あんね、こういうのは教え方の問題なの。若菜《わかな》があほなんじゃなくて、若菜を教えてたやつがへったくそだったの。もっかい、もっかい頭んなかでボール投げてみ。よし、んじゃ次は高さ三十メートルのビルの屋上から。おんなじだから、そうそう。

疑問がすみからすみまで解決され、わかった、と私が満面の笑顔で頷くと、弘樹はゆるりと手を伸ばして私の頰を優しくつまんだ。私がわかるようになるには時間がかかり、酒に弱い弘樹は大抵その頃には泥酔していた。真っ赤に火照《ほて》った顔を崩して笑い、わかちゃんはかわいいなーとリズムを付けてささやく。かわいい、かわいい、と吹きこまれるたび、自分が弘樹の手でこねられてとろけていく、甘ったるい飴細工になった気がした。こんなに気持ちがいいのだから、勉強が出来なくて良かったとすら思う。骨ばった親指が唇をかすめ、とっさにじゃれついて歯を立てる。そして、私たちは見つめ合った。

もう七年も前、私にとって弘樹が頼りがいのある賢い大人で、自分たちの人生に手に入らないものが出てくるかもしれない、なんて考えもしなかった時代の話だ。

ミツルはぴっぴっ、と鳴きながら私の目の前で弘樹の親指をついばんでいる。擦り寄られた親指は、かわいいかわいいと柔らかい体を撫で返す。そりゃあ、かわいいだろう。急に腹が立って、思い切り弘樹の肩を引っぱたいた。

「いってえ！」

「ちょっと立って」

「ええっ？」

「文鳥はケージにしまう！」

なにーなんでーとぐずる背中に膝蹴《ひざげ》りを入れ、不満そうにさえずるミツルをケージへしまわせた。手を引いて寝室へ連れ込み、私よりも一回り大きい弘樹の体を朝からそのままになっているダブルベッドに押し倒す。このベッドは、同棲を決意した四年前に買った。ベッドフレーム、マットレス、枕、羽毛布団、ベッド下の収納ボックス、ぜんぶ合わせて八万円だった。寝具にはお金をかけようとそれに一万円を足して、ウサギの毛そっくりな肌触りの高級な毛布まで買った。初めて手をつないでこのベッドに入った日は、やっと自分の巣穴を手に入れたような幸福感で胸がはち切れそうだった。よく覚えている。

骨っぽい体をまたいで座ると、両腿の内側にとんがった腰骨が当たった。弘樹は背が高く、大体いつも中にシャツを数枚重ねているので体格に恵まれているように見えるけれど、実は運動してもなかなか筋肉が付かない痩せ型で、本人もそんなところを気にしている。

「なんで」

先ほど弘樹が間抜けのように繰り返していた言葉をまねて、胸が詰まる。なんで、の先にどんな言葉を続ければいいのかわからずに考えていると、腹筋を使って起き上がった弘樹は片手を私の頭へのせた。丸く撫でる。

「どしたのわかちゃん。なんでそんなに怒ってんの」

いつもの若菜呼びではなく、わかちゃん、と呼ばれると胸の一部が温かくほどける。初めて勉強を教えてもらった日と同じく、お湯をかけられた砂糖の塊みたいにそれまで考えていたことが溶けて形をなくし、甘くて気持ちがいい、という感覚でいっぱいになってしまう。私は動物がなつくように弘樹の手のひらに頭を擦り寄せた。

「怒ってないよう」

「怒ってんじゃんー」

肩を揺らし、弘樹はペースを取り戻してきた様子でなめらかに笑った。ささくれた唇に首筋を何度も吸われ、むずがゆい痛みが肌に残る。お返しに腰骨を太腿で円を描《えが》くように揉み込むと、くすぐったかったのか弾けるような笑い声とともに薄い体が仰《の》け反《ぞ》った。覆い被さり、弘樹の荒れた下唇の表面を舐めて柔らかくする。そのうちに舌を突き出され、うす赤い粘膜を吸うことに意識が移る。

弘樹の唾液に味はなく、さらさらと喉へ落ちていく。舌の裏側の柔らかさが好きだ。目を閉じて舌をうごめかせる間も、やもりが壁を這い上がるよう、骨っぽい手がひたりひたりと私の体をつかんで服の隙間を広げていく。私も手探りで弘樹のトレーナーをまくった。中に入っていたシャツは二枚。虚勢の分だけ厚い布の束を剝《は》いで、シナモンみたいな匂いがする白い脇腹に嚙み付いた。うひゃひゃっ、と変な笑い声を上げて弘樹は体をよじる。

ふざけ合って数分も経つと、弘樹の腰にのせた私のお尻に芯の通った硬いものが当たった。一度体を離し、弘樹がベッドのそばのカラーボックスからコンドームを取り出す間、私はジーパンと下着をずるりと一まとめにして脱ぎ捨てる。

半透明のゴムを根元まで慎重に引き下ろす指を見ながら、ふと、溶け残った砂糖が舌の上でざらつくように、思い出した。

「なかにいれて」

「おう、待って待って」

「違う、そっちじゃなくて指」

「はい?」

おやゆび、と片手を引いてねだると、弘樹の目に戸惑いがにじんだ。

「え、なんでよ」

「いいから。思いつき」

「えー」

ひっかいちまうんじゃないかって、こえぇ。ぶつぶつ呟きながらも、弘樹はコンドームがしまってある小物入れからウェットティッシュを取り出すと親指を拭き取り、爪が伸びていないことを確認した。再び腰にまたがった私の下腹部の毛を掻き分け、濡れた肉の裂け目へそうっと押し込んでいく。

かすかな音が体の内側で響く。冷蔵庫の奥で、と脳の裏側で景色が流れる。熟れすぎて皮が爆《は》ぜ、果肉がゼリー状になった柿。あ、捨てなきゃと思ってつかんだ瞬間に、指がずぶりとめり込む感じ。いくら長く一緒にいても、行為を繰り返しても、異物は異物なのでいつも体は緊張する。とじた粘膜をこじ開けられ、少し遅れて体の奥からなま温かい水が湧きだした。左右に揺すりながら親指の根元まで沈ませて、弘樹は具合を確かめるように私の顔を見上げる。

目線に頷いて少し笑う。下腹に力を入れて捕らえた指を食い締めると、奥の空洞が甘く痺れた。


姿を見ればはしゃぎ、喜び、一目散に擦り寄って好きだ好きだとまとわりつく。そんなミツルの媚態に骨抜きになった弘樹は毎日積極的に水を替え、餌をやり、ケージの底に敷いてある紙を交換して、晴れた日にはケージの丸洗いまでするようになった。おもちゃやおやつの他、栄養を補うのにこういうものもあった方がいいらしいと、自分で調べていそいそと青菜やボレー粉を買ってくる。かわいがられ、愛されて、世話を焼かせる。生存戦略だとしたら大したものだ、と思う。

弘樹は毎晩風呂から上がると、ミツルを手のひらに乗せて丸い体を優しく撫でる。

私からすればほとんど表情の変化はわからないが、特に首の後ろをくすぐってやると嬉しそうな顔をするらしい。

　そっと、撫でる。くすぐる。温もりを感じ、手に包んで大切にする。じっと目を見つめ、体を寄せ、余計なことはなにも言わずにただ一日の疲れをいたわりあう。人間同士ではとても難しいことが、どうして言葉の通じないかわいい相手とならそう悩まずとも出来てしまうのだろう。水路のように、糸電話の糸のように、一度結ばれてしまえばゆるゆると、無限の甘いものを贈り合う関係。

　秋の長雨が過ぎ、どことなくミツルがふっくらしたな、とは思っていた。埃《ほこり》を被ったオイルヒーターを掃除してリビングに設置した日、なにげなくミツルのケージを覗くと、餌入れのすみに小さなものが落ちていた。指先で簡単につまめてしまうサイズの、白くて丸いもの。

　一瞬、消しゴム？　と思った。でも、こんなに丸くない。この極限まで無駄のない形は、もしかして。

「あんた、メスだったの」

　ケージ内のブランコで遊んでいるミツルに呼びかける。ミツルは私を見ないまま、ブランコのふちからつるりと足をすべらせて慌てたように羽を広げた。

　久しぶりに飼育本を取りだして目次に目を走らせる。メスの文鳥がつがいもいないのに卵を産んでしまうとはどういうことか。それとも、ニワトリみたいに恒常的に卵を産むのが文鳥には普通のことなのか。

発情、という字を見つけ、体の温度が少し下がった。もう一度振り返って、ケージのなかのミツルを覗く。ちょうど遊ぶのを止めたミツルは、なにを考えているのか一かけらもわからない、まっ黒く光る小さな目で私を見つめている。

こめかみの辺りでちかりと星が散った。この目は知っている。まん丸く澄んだ、底の見えないココアの目だ。中学校の同級生だったひろちゃんが飼っていた、こげ茶色のオスウサギ。ぬいぐるみのようにかわいくて、学校帰りは毎日ひろちゃんの家に立ち寄った。菜の花を与え、実際にぬいぐるみに埋もれさせ、首には水色のリボンを結んだ。

抱いて眠りたいほど大好きだったのに、おもむろにココアが私の足にしがみついて腰を振り出し、靴下をびしゃりと濡らされた瞬間、すべてのかわいいが嫌悪感へと反転した。ひろちゃんは悲鳴を上げて母親を呼びに行き、私は爪先から這い上がる悪寒を振り払うよう、とっさにココアを蹴飛ばしてしまった。爪先が、柔らかい獣の腹に埋まる。ココアはばたりと横倒しになり、慌ただしく床を掻いて起き上がった。私から距離を取り、じっとこちらを見つめてくる。

ココアの無感情な目が急にこわくなった。一体なにを思っているのだろう。少なくとも、私たちが先ほどこげ茶色の前足を持ち上げながらアテレコした「ひろちゃんわかちゃんコンニチハ！　今日も学校お疲れだピョン！」なんて微塵《みじん》も考えていないことは確かだ。しみのついた靴下が、不快な湿りを持っている。

あれから、ひろちゃんの家には行ったんだったか。なんだかんだと理由をつけて、行かなかった気がする。


背中を触るのはもう禁止、と通達すると、弘樹はきょとんと目を見開いた。餌入れに転がる卵を指差し、メスの文鳥はスキンシップをしすぎると発情して無精卵を産む可能性が高くなること、しかも産卵はこんな小さな鳥にとっては負担が大きく、卵詰まりなどの危険もあるためなるべく産ませない方がいいことを説明する。特に背中に触るのが、小鳥には交尾を連想させてよくないらしい。飼育本で該当のページを確認し、弘樹はえっ、と声を跳ねさせた。

「じゃあ、こいつは俺のことが好きでしょうがないわけじゃなくて、発情してたからあんなにくっついてきたの？　んで、思い込みで卵まで産んだの？」

「それはわからないけど。発情したのが先か、好きだから発情したのか、それともあんたが変なとこを触るから発情したのか、なんだろね。そもそも、遺伝的に卵を産みやすい個体もいるみたいだし」

「ええ？　え？　えー……」

いまいち煮え切らない様子で、弘樹は肩を落とした。

それから一週間でミツルはさらに四つの卵を産んだ。産卵の時は餌入れにじっとうずくまり、時々羽を震わせて息苦しそうに鳴く。だいぶ体力を消耗するのか、産前産後にはカルシウムが多く含まれた餌をがつがつと食べた。

卵と餌を一緒の容器に入れておくのも心もとなく、頃合いを見てもう一つ別の容器をケージに入れ、そちらに卵を移した。すると、ミツルは四六時中上に座って卵を温めるようになった。無精卵は気が済むまで抱卵《ほうらん》させてから、折を見て捨てる、と飼育本には書かれている。

「す、捨てんの？」

「だって、生卵だし、捨てなきゃ腐っちゃうんじゃない？」

「なんかすげえ恨まれそう」

「さあ、どうだろう」

私はなんとなく、卵を捨てるのは弘樹にやってもらいたかった。あれほどかわいがっていたのだから、多少嫌われようともミツルへ向けて行動することがケジメであり、落とし前であり、愛情であるような気がした。

ミツルは二週間もすると卵を温める時間が格段に少なくなった。なんとなく、この卵に命は宿っていないと察したのかも知れない。

「そろそろいいんじゃない、捨ててよ」

うながすも、えーだのうーだのうなるばかりで、なかなか弘樹はケージに指を入れない。それだけでなく水替えも餌やりもケージの掃除も、まるで夢から醒めたみたいに消極的になった。風呂上がりの、蜜が滴るような愛撫の時間がなくなった。一目散にそばへ飛んでくるミツルの、銀ねず色の喉元をちょいちょいとくすぐって、すぐにどこかへ置いてしまう。

なんか極端じゃない？　と身を投げ出すようになついているミツルが多少哀れになって呟くと、弘樹は心外だとばかりに目を丸くした。

「え、だって、こいつのためには下手に触らない方がいいんだろ？　しょうがないじゃん」

甘える、なつく、発情、さみしい、待ってた、卵、好き好き好き。小さな体から放たれる様々な熱っぽい要素が、他愛もない口癖でさらりと片付けられる。

脳に小さな驚きが弾け、弘樹の目を見返した。つるりと光る、きれいな目だ。ココアやミツルと同じ、まっ黒で底の見えない、透明な。

うながしてもうながしても弘樹は卵に触れるのを嫌がり、けっきょく餌やりの際に二つ並んだ容器を邪魔くさく感じたある日、私が五つともつまんで捨てた。流しの三角コーナーだとミツルが気にするかも知れないので、生ゴミを捨てている蓋付きのゴミ箱にぽいぽいっと放り込んだ。

ミツルは卵がなくなったことに気づいているのかいないのか、私が容器の片方を撤去する間も、そばのブランコで遊び続けていた。揺れる、揺れる、黒い水晶のような鳥の瞳に、それと比べれば粗暴なくらいに大きく感じる、私の指が映っていた。

年が明けて、弘樹に一ヵ月のイギリス出張が決まった。なんでも縁故のある人が向こうの研究機関に勤めているとかで、学術雑誌に掲載された弘樹の論文を面白がり、弘樹が属する研究室との共同研究という形式で専門分野の実験に誘ってくれたらしい。キャリアに箔を付けるいいチャンスだ！　と手続きを取った弘樹は息巻きながら荷造りをし、機上の人となった。

「あんたのー愛しい人はー行っちゃったよー」

弘樹が出発した日、外には氷雨《ひさめ》が降っていた。ペット用のヒーターの具合を確かめながら歌いかけるも、ミツルは我関せずで菜差しの豆苗《とうみよう》をついばんでいる。ぷちぷちと葉がちぎられるみずみずしい音が雨音と重なりながら部屋へ響く。

リビングのテーブルで仕事を片付け、午後になったらケージを開けて放鳥した。ミツルはカーテンレールや棚や雨降る窓辺をてんてんと跳ね、気ままに羽を伸ばしている。相変わらずなついていないため、私には近寄ってこない。私もティーバッグのお茶をすすり、時々ウェットティッシュでミツルが落とした糞をふいて回った。楽だな、とふと思う。愛も憎もない部屋は静かで、こんなに楽だ。私もミツルも、かわいくならなくていい。

「ミツル」

三度目の呼びかけで、カーテンレールの上でふっくらとふくらみながら目を閉じていたミツルがこちらを向いた。私を見て、また黒豆の目をつむる。

弘樹の出張は一ヵ月が二ヵ月、二ヵ月が三ヵ月、と少しずつ延びた。なんでも、手伝っている実験の途中結果に思いがけない発見の兆《きざ》しが見込まれ、スポンサーがつき始めたらしい。ただの手伝いではなく、今の大学を退職してこちらの研究所に勤めることを勧められた、と電話越しの声が弾む。私は「そう、よかったね」と平たい相づちを返した。私もそっちに行きたいな、とか、夢が叶いそうでよかったね、とかそんな中途半端なことは言わずに、よく耳を澄ませておこうと思う。今度こそ、この人が自分の手で卵の始末をつけられるのか。そしてその日は、思うよりも早く訪れた。

国内の大学でポストが空くのを待つより、こっちで仕事に就くことにしようかなって。教授もその方がいいって勧めてくれたし、だから。

桜の木が出来たてのやわい花びらを枝から絞り出し始めた三月の中旬。来秋の新作アイテムの展示会になんとか商品を間に合わせ、ぼろぼろになって帰宅した深夜にその電話はかかってきた。ほとんど内容が頭に入らないまま、うん、そう、と壁にもたれて相づちを打つ。もうすでにケージにカバーをかけて照明を消したリビングから、ぴっ、と鋭い鳴き声が聞こえる。不満げだ。うるさい眠たい寝させてよ、といったところだろう。

「聞いてる、……それで？」

「うーん、だからさ、しょうがないんだ。俺、当面はこっちに残るわ」

なにがしょうがないんだろう。当面ってなんだ。繊維調のエンボス加工がされた壁紙の、目についた突起を親指の爪で押し潰す。一つ、二つ。弘樹は言葉を切ってこちらの反応を窺っている。私が「もう別れるってこと？」だとか、「弘樹が帰ってくるまで待ってる」だとか、そんな風に卵の始末の仕方に方向付けするのを待っている。いつも自分の主張だけ宣言して、後始末や調整は他の誰かがやってくれると一点の曇りもなく信じている。しょうがないだろ、俺だってさあ、でもどうしようもないし、だから。

壁紙にぎゅっと爪痕を刻み、深く息を吐いた。

「ミツルは？」

「――――え？」

弘樹は拍子を外されたような声を出した。平たく平たく、私は続ける。

「ミツル。お姉さんがもらい手を探してくれるっていうのは、どうなったの？」

「あ、ああ、連絡が無いってことは見つかんなかったんじゃない？」

姉弟そろって善人のフリだけは一人前、とまた気分がささくれる。ガラス片みたいにぎらりと尖る。

「わかった。それじゃ荷物はぜんぶ処分しちゃっていいね？」

「え……、いやちょっと、ええ？」

「私、引っ越すから。高い家賃を一人で払っても仕方ないし、ミツルももらっていくよ」

さようなら、と一音一音、区切るように告げる。頭の中で、五つの白い卵が生ゴミの袋に落ちていく。電話を切って、もう一度深く息を吐いた。壁時計を見上げると、針は午前二時を指していた。ロンドンとの時差は九時間だったか。おおかた一人で悩むのに耐えられず、こちらの時間も考えないまま電話を取ったのだろう。ミツルが文句を言うわけだ。

ずるりと壁伝いに廊下へ座り、十分待っても私のスマホは静まりかえったままだった。冷えた床に手をついて立ち上がり、リビングへ向かう。

カバーを押し上げると、ミツルが止まり木を跳ねて近づいてくる音がした。月明かりに、一対の目が濡れたように光る。私を見て、そっと小首を傾げた。

急に、ミツル、なんて性別すら間違えたまま手放した人間に付けられた名を背負わせていることがいやになった。

「ミチルにしよう」

そうだ、こちらの方がずっと音が柔らかくて、見た目の印象にも合っている。

「ミチル」

呼びかけに、闇の中では薄明るく見える小鳥が、今度は反対側へ首を傾げた。

荷物を片付けて売り払い、ペットOKで日当たりのいい安いアパートに引っ越した。ダブルベッドもダイニングテーブルも売った。弘樹がコレクションしていた年代物の高価なブリキのおもちゃだけは、同居人の情けで実家に送りつけた。

新しいアパートは緑の多い河川敷の近くにあるせいか吹きこむ風がみずみずしく、ミチルがぴっぴっと気持ち良さそうに鳴く。

ミツルと呼ぶ間は活発で甘えん坊のオスに見えたのに、ミチルと呼び始めると、だんだんしたたかで賢いメスに見えてくる。私の脳みそなんて適当なものだな、と思う。

風通しのいい和室の畳に座って、ミチルが跳ね回るケージを見上げた。あの、弘樹が憎くてどうしようもなかった夜も、なにか一つ言葉の解釈が違えば、いつまでもあなたを待っている的な展開になったのだろうか。いやでも、弘樹の「しょうがないじゃん」はもう二度と聞きたくない。ということは、やっぱりもうダメだったんだ。そんなことを考えながら、前の家から持ってきたちゃぶ台で食事をとり、持ち帰りの仕事をし、パソコンで好きなアイドルの動画を見て、出勤する。時々ミチルが好きな青菜を買って帰る。豆苗、小松菜、チンゲンサイ。

スマホの待ち受け画面を、私の指を威嚇してくちばしをカッと開いたミチルのドアップにしたら、不思議と職場や飲み会で男の人に声をかけられることが多くなった。みんな決まって、同じことを言う。

「へえー、いいな、小鳥ってかわいいだろうな。今度わかちゃんちに会いに行ってもいい？」

小鳥を「かわいい」扱いする男なんてろくなもんじゃない。にこにこと顔の表面で微笑んで「ごめんねうちの子、気性が荒いから知らない人だめなの」と適当なことを言って断った。軽やかに春が吹き抜け、肌をからりと焦がす清潔な夏が通り過ぎた。慎重に、もう二度とダメな恋には落ちまいと気を張って過ごす。かわいいを連呼する不誠実な男には、もう二度と近づくものか。

そう細心の注意を払っていたにもかかわらず、日暮れの色がだんだん甘くなる九月の末、倉科《くらしな》さんに会ってしまった。倉科征一郎《せいいちろう》。中途でうちのマーケティング部に入ってきた四十路、バツイチ。一見とても知的で落ちついている。そばにいると時間がゆっくり流れるタイプ。けれどお酒が入った時の笑い方がほんのりといやらしくて、いい。

この人と寝てみたい。大波のように押し寄せたあけすけな衝動に眩暈《めまい》がした。この人と寝て、こねられて、蹂躙《じゅうりん》されて、あやされたい。私の中の甘やかされたがって震えている、牙の鋭い小さな生き物があえいだ。歓迎会の席で仲良くなり、三回目の食事のあとに私から家に誘った。倉科さんはホテルをとってくれようとしたけれど、ミチルの餌やりがあるからと断ったのだ。

突然やってきた見知らぬ男を、ミチルは大興奮して迎え入れた。倉科さんは背の高さがほとんど弘樹と変わらず、声質も少し似ているので、もしかしたら間違えているのかも知れない。手に留まり、指に胸の毛を擦りつけ、爪をついて甘える。倉科さんはびっくりした様子で片方の眉毛を持ち上げた。

「へえ、鳥ってこんなになつくんだ」

「その子、男の人が好きなの」

「なんだそれ、そんな好みあるの」

飛び回るミチルをケージへしまい、少し早い時間だけどカバーを被せる。交代でシャワーを浴び、軽くお酒を飲んだあと、ミチルのケージを置いた和室のふすまを閉めきって寝室のベッドで服を脱がせ合った。

倉科さんの体は年齢の割に引き締まっていて、ところどころがうっすらと赤く荒れていた。乾燥肌なのだという。そういえば指先もささくれが多く、爪にもスジが入っていて、血の巡りが悪いのか手のひら全体の温度が低い。体全体が、どことなく硬質な冬の樹木を連想させる。それを伝えると、倉科さんは目を細めて笑った。

「岸田《きしだ》さんはどこもかしこもすべすべで温かいね」

冷たい手が、すうっと私の下腹から胸までを撫で上げる。左の乳房を鷲づかみにされて、あ、と短く声が漏れた。十以上の年齢差があるせいか、倉科さんはしきりに「いいこ」という言葉を使った。いいこ。いいこ。いいからだ。きれいだね、ちょっとおしりこっちにむけて。あしのかたちもきれいだ。ああいいね。手の中でこねくり回すように愛されて、頭の芯がとろりと溶ける。喜ばれるように、愛されるように、しきりになつき、甘え、お尻を振る。ミチルを真似て乾いた手をついばむ。それだけしか考えなくていいのは楽ちんだ。この世で一番楽ちんだ。楽ちんなのに許され、褒められる。

倉科さんの指が私の体液でしっとりと潤う頃、ようやく焦らすのを止めて入れてもらえた。久しぶりなせいか、それはずいぶん歪《いびつ》な形であるように感じた。深く押し込まれて息が詰まる。ああ、あ、あああ、あ、と頭の中でだらしなく鳴いていた生き物まで後ろからぷちんと突き潰され、意識から音が絶える。複雑で難しいこの世が遠ざかり、シーツをつかむ二本の腕が、快感にみるみる総毛立っていく。

週に二日ほどのペースで倉科さんは私のアパートにやってきた。そのたびにミチルははしゃいで喜び、ぐるぐると倉科さんの周囲を飛び回った。背中に触ると体に悪いの、と告げると、倉科さんはすぐに了解して気をつけてくれた。手のひら全体で揉み込むようだった弘樹とは違い、手の甲にミチルを留まらせて、指一本でそっと輪郭をなぞるように撫でる。ミチルはうっとりと目を細めている。薄墨色の羽が、指の重さに合わせて沈む。

十一月の末、なんとなく怪しい気はしていたものの、倉科さんが私の他にも社内の二人の女の子に手を出していたことが判明してさようならを言った。倉科さんはそっか残念、と最後までにこにこと笑っていた。情の薄さを隠さない人だ。私の部屋に再び平穏が訪れ、そして。

気が付けば、ミチルがまた餌入れに卵を産んでいた。倉科さんは、背中に触らない、あまり長時間のスキンシップを取らない、といった触り方の約束を守ってくれていた。つぼ巣は入れず、カロリーの高い餌も控え、飼育本の発情抑制アドバイスも実践していたけれど、万全ではなかったようだ。ただ、健康なメスはどれだけ対策を取っても産む時には産んでしまうと聞くので、ある程度は仕方ないのかも知れない。

ミチルは前と同じく五つの卵を産んだ。一週間ほど温める姿を見守り、飽きた素振りを待ってつまみ上げる。白くなめらかな丸みに鳥の体温が残っている気がして、触れた指先がちりりりと痺れた。

健康な生き物が、と人参の皮や使用済みの茶葉のあいだで光る卵を見て思う。発情して触って欲しがるなんて、当たり前のことじゃないか。どうしてあんなに汚いことのように思ったのだろう。かわいいかわいいかわいいね、と侮《あなど》れなくなることがこわかったのか。

台所の木目の床を踏む爪先に、柔らかいウサギの腹の感触が残っている。拳《こぶし》を握り、どん、と強めに自分のお腹を叩いた。殴りすぎて、少し吐きそうになる。へなへなとその場にしゃがみ込んで、大きく息を吐いた。冬の夜が静かに更けていく。弘樹からの電話は、あれから一度もなかった。


かわいくないところがいいね、と言われた。春物に新しく制作した、バッグなどに付けられる革製のカラフルな動物チャームだ。小鳥やトカゲやカブトムシの形をしていて、サイズはほぼ実物大。遠目から見ると、鞄によくなついた生き物がぴたっと留まっているように見える。

極力デフォルメを避け、本物の「いきなり近くに見つけるとぎょっとする感じ」を大事にした。装飾品なので色は美しく鮮やかに、けれど目は人の安易な解釈を拒むよう、あくまで淡々と遠くを見つめさせる。企画から制作まで三年かかったこれが、たいそう売れた。かわいくないところがいい。お守りになりそう。本物みたいで少しこわい。凛々しい感じ。大事にしたくなる。そんな、今までの動物モチーフのアイテムにはなかったユーザーの声がたくさん寄せられた。特に人気なのは小鳥シリーズで、ピンク色のインコは恋を叶えてくれる、と妙なジンクスまで流れ始めた。発売から三ヵ月で大手のファッションブランドとコラボして生産を拡大することとなり、私を含めた制作チームには社長賞と金一封が贈られた。

けれど、私はそれどころではなかった。弘樹と別れて四年。取引先のアパレル会社に勤めている、倉科さんから数えて四人目の彼氏である柏木《かしわぎ》くんに、急な別れを切り出されたばかりだったからだ。

好きな子が出来たんだ、と柏木くんは閉店間際のカフェでカプチーノをすすりながら申し訳なさそうに切り出した。心臓がよく研がれた包丁につぷりと刺され、切り開かれ、みじん切りにされていく工程が見えた気がした。とととととと、とリズミカルに銀色の刃がひらめく。はい、ここで塩胡椒を振ってください。間の抜けた空想を振り払い、口を開いた。

「は、え？　そ、そうなの？」

「うん、岸田さんには悪いんだけど」

「いや、悪いっていうか……」

　相手は聞いていいものだろうか。いいんだよね、だって私たち付き合ってたんだよね、あれ、月に三回デートしてセックスする関係って、付き合ってるであってたかな。でも付き合ってたなら、なんで私はこの人の心変わりにまったく気づかなかったんだ。

　他人への好意を打ち明けた途端、柏木くんの表情からするすると私に対する熱が引いていくのを感じた。それまでは、言わなければ、言わなければ、と凝っていた意識があったのだろう。けれど口に出したあとはどこかさっぱりとした表情で、私が泣くなりわめくなり呑み込むなり、なんらかの形で事態の後処理をするのを遠くの岸から眺めている。そんな彼の表情を見つめるうちに、エネルギーを費やして感情を迸《ほとばし》らせるのがいやになった。重い気分で、社交辞令として口を開く。

「やだ、そうなんだ。その子、そんなにかわいいの？　どこの子？」

「うちの部署の新人でさ」

　岸田さんみたいに仕事ができるわけじゃないし、美人でもないんだけど、なんかほっとけなくてさ。そこまで言われたところでエプロン姿の店員が、そろそろ閉店の時刻になります、と告げに来た。そそくさとトレイを片付けようとする柏木くんにつられ、ああすみません、はい、などと間の抜けた返事をして店を出る。

　店舗のすぐ目の前にあった地下鉄の階段入り口にさっさと足をかけ、柏木くんは振り返った。そういうことだから、岸田さんは俺よりしっかりした男を見つけてよ、それじゃあ。ぼう然とスーツの背中を見送った後にようやく、カフェが閉店するタイミングを見計らって切り出したのかも知れない、と思い当たった。二時間前に詰め込んだイタリアンが、急にもたれて重さを増す。

　倉科さんにさよならを告げて以来、女をかわいいもの扱いしたがる男は避けて、付き合いが始まっても価値観を預けすぎないよう気をつけた。仕事も頑張ったし、結婚を迫るのも止めた。そうしたら今度はこんな風に、弘樹と付き合ってた頃の自分そっくりの、馬鹿で無邪気なかわいい女に意中の相手を浚《さら》われることが増えた。手を切ったつもりでも、かわいいの沼はどこまでも追いかけてくる。いまだに時々、またかわいいかわいいのごっこ遊びにひたりたくなってしまう。馬鹿になって、侮られたい。お前を受け入れてやる、と傲慢《ごうまん》に許され、思考を止めたい。

　それで、私を大事にしてくれる人はどこにいるのだろう。通勤鞄の金具に付けている、もはや人気すぎて品薄となっている小鳥シリーズの一角、ミチルが丸まっている姿にそっくりなシルバー文鳥の動物チャームをぎゅっとつかむ。水を替えたり餌を足したりなんて、面倒くさいことは望まない。手のひらで撫でてもらわなくて結構だ。

産まれてしまった卵を捨ててくれるだけでいい。捨てる瞬間に、少しだけ一緒に痛んで欲しい。でも、それがいちばん叶わない、贅沢な望みなのだろうか。

わっ、と叫びたい気分でその場にしゃがむと、体重が乗ったハイヒールの爪先が強く痛んだ。


倉科さんがデスクにどら焼きを届けてくれたのは、その翌日のことだった。

「よ、社長賞。今日はあなた誕生日でしょう。ほら、お祝い」

取引先から届いたという老舗の高価などら焼きを、なくなる前に持ってきてくれたらしい。そうか、誕生日だったか。三十一歳か、と反芻《はんすう》するうちに、誕生日の前日にふられた情けなさがいっそう身にしみて、目の奥がツンと痛んだ。

「倉科さん、覚えててくれてありがとう」

「なに言ってんの、これくらいで」

倉科さんは年を重ねるにつれてますます飄々《ひょうひょう》として、余裕がある年配の男に憧れる新人の女の子を手広く食い散らかしていた。仕事はきちんとこなすので、社内であからさまに厭《いと》われることはないものの、あの人には気をつけろ、と新人歓迎会でまっさきに名前を耳打ちされる悪人だ。どら焼きの包みを剝《は》いで、端の方から小さくかじる。舌先に甘みがじわりとしみ、山吹色の栗がすぐに顔を出した。

「誕生日なのに、ふられまして」

「へえ」

「今思えば、プレゼント代をケチられたのかも知れないんだけど」

「ああ、じゃあ夜になにか食べに行こうか。ごちそうしますよ」

目尻に笑いじわを寄せ、あっさりと誘われる。私に対するどうでもよさがにじむ適当な笑い方が、かえって気楽に感じられてよかった。

退社後、会社の近くのイタリアンバルでレバーペーストをバゲットに塗りつけながら、倉科さんは「かわいい扱いがもういやだ」という私の訴えに首をひねった。

「よくわからない。そもそも、かわいくなきゃ好きにならないし、それを抜いたら恋が成立しないでしょう」

「でも、それじゃあ、ミチルと私の違いがなくなっちゃう」

「鳥にヤキモチ焼かなくても」

くっくと肩を揺らして笑われる。憮然《ぶぜん》として赤ワインをあおった。

「この世にかわいいものなんていないのに、そういうものがいるってことにするの、馬鹿みたい」

「それもまた極端だなあ」

倉科さんはやがて左右に首を傾けながら、呆れたように言った。

「期待しすぎなんじゃないか。こう、男女の関係性みたいなものに。なんでもかんでも補ってくれると思ってないか」

「そうかな」

「あなたは一体なにがいやなの」

あなた、という声の響き方がいいなと思った。低くかすれ、ウイスキーの風味のように耳の奥でふわりと広がる。けれどこの「いい」という感情は、ミチルが小首を傾げるのを見て「かわいい」と思うのと同じなのかもしれない。ミチルが弘樹の手のひらになつく姿と、しわのよったシーツに手をついてお尻を上げる瞬間の心もとなさを反芻する。

「ごっこ遊びみたいで」

「ごっこ遊び、いいじゃない。人の営みらしくて好きよ、俺は」

「かわいいかわいい、かわいくあろう、それらしくあろうってなればなるほど、一生懸命自分じゃないもののマネをしているみたいで、よくわからなくなるの。そういう形式美っぽいものに呑まれていくのが、気持ちいいこともあるんだけど」

「ふーん」

「脱げない着ぐるみ越しにしか、触ってもらえないみたいで、さみしい」

ワインに後押しされて呟くと、倉科さんは目を丸くした。少し間を置いて、またゆっくりと口元に笑いを広げる。

「それでもあなたは、どうしようもなくかわいい女だと思うよ」

帰り際、まるで当然のようにホテルへ誘われた。ごっこ遊びの上手な人なので、さぞ気持ちがいい夜になるだろう。私の寂寥《せきりょう》すらも、とても上手に丸め込んで小道具にするだろう。丁重にお断りすると、倉科さんはだよねえ、と唇を曲げて渋く笑った。

駅の改札での別れ際に、ぽんぽんと私の肩を叩く。

「欲しがらないものは手に入らないから」

「はあ」

「俺は千のごっこ遊びのなかに一回、なんだか神がかった出来のものがあったなって、それでいいんだけど。でも、それを超えるものを欲しがっていれば、何かいいことがあるかも知れない」

「あるといいなあ」

ごちそうさまでした、と改札の前でお礼を言って見送る。また来週ね、と片手を揺らした倉科さんの背中は、あっという間に通勤客の波に呑まれて見えなくなった。

あくる日は土曜日だった。失恋の気怠《けだる》さを噛みしめてずるずると眠っていたい気分だったけれど、ここのところ仕事が忙しくてミチルのケージを洗っていない。いやなことがあったとはいえ、ミチルに罪はないのだ。しかも今日は眩しさに目が痛むほどの晴天で、絶好の日干し日和《びより》と言える。

そいや、と腕に力を入れて起き上がり、ミチルを予備のケージに移してからお風呂場でお湯をつかって豪快にケージを洗った。洗剤を泡立て、食べかすや糞や羽毛などをブラシで掻き取り、すみずみまで磨き込む。餌入れも菜差しもブランコも、しっかりと汚れを流しきった。

和室の一番日当たりのいい場所にぴかぴかになったケージを置き、半日ほど日光消毒して乾かすことにする。ついでに運動させてしまおうと、ふすまを閉めて和室内にミチルを放した。のどかな羽音を聴きながら、日射しでぬくもった畳にごろりと寝転がる。体力が尽きた。

畳へ伸ばした腕へ、真上を飛ぶミチルの薄い影がかかる。

初めて卵を捨てた日から、私はミチルのことをかわいいと侮れなくなった。恨んでいるかもしれない。憎んでいるかもしれない。いくら無精卵を捨てているだけだといっても、鳥の認識がどんな解釈を小さな頭の中に広げているのかはわからない。わからないけれど、かわいくないと思ったあとの方が、ミチルを大事に出来ている気がする。だんだん文鳥の繁殖期や発情の合図、スキンシップを切り上げた方がいいタイミングがわかってきて、ミチルが卵を産む回数は減った。ここ二年ほどは一度も産ませずに済んでいる。

掃除の時やケージに戻す時など、名を呼べばミチルは飛んできて無造作に私の手へ留まる。珊瑚色の足が弱く指をつかむ。けど、恋人やパートナーとして認識しているわけではないのか、弘樹や倉科さんや高尾《たかお》くんや平井《ひらい》さんや柏木くん、歴代の私の彼氏にしたように、体を擦り寄せて求愛することはない。恨まれていても、憎まれていても、ほどほどにお互いの機嫌が良く、時々は歌って暮らすぐらいの余裕があるなら、いい、と思う。

今でも、ミチルに見つめられると少し緊張する。小粒の宝石のような目の奥で、なにを考えているのだろう。私にどんな名前を付けているのだろう。

聞き慣れた軽い羽音に耳を澄ませるうちに、先日の悔しさが込み上げて目尻から涙があふれた。ちくしょう、と小さく呟く。ちくしょう、ばかやろう。疲れていたので、涙腺がゆるい。柏木くんのことはずいぶん好きだったので、久しぶりにこたえた。カーテンレールに留まり、尾羽を揺らしてぎこちなく向きを変えたミチルが不思議そうに私を見下ろす。そういえば、うちに来るたび柏木くんはミチルのこともとてもかわいがってくれた。かーわいいなあ、俺、動物大好きなんだよな。癒されるっていうか、和《なご》むよね。そんな風に言って、しょっちゅう新鮮な青菜や栗穂といったお土産を買ってきた。ミチルは大はしゃぎで嬉しそうに柏木くんの背中を追いかけ回した。

ミチルもバカだ、と黒豆の目を見返して思う。あんなにたくさん媚《こび》を売って、なついて、でもいつだって私と一緒に捨てられる。飼い主と同じで、男を見る目がない。手の甲で目元を押さえた。

この世で、ごっこ遊びを超えて人と結びつくのは、とても難しいことなのかもしれない。少なくとも、私の分の奇跡はどこにも用意されていないのかもしれない。そう、まっ暗な気分で横たわっていると、畳へ投げだした手のひらにふかりと温かいものが触れた。

目を開いて、心臓が止まるかと思った。

ミチルが、こちらを見ながら手のひらで丸くなっていた。あまりに珍しい事態に、まず思ったのは、どこか具合が悪いのかということだった。病気になったか、それとも足でも痛めたか。寒くて、私の手をカイロ代わりにしているのだろうか。あれこれと考えながら、手のひらを水平に保って体を起こす。

「どうしたの」

ミチルはもちろん答えない。もぞもぞと少し足を動かし、大福餅のような格好のまま、物言いたげにこちらを見上げた。特に具合が悪いわけではなさそうだ。彼氏たちの手のひらになつく時と格好は同じだけど、淡白な表情を見る限りでは、私に甘えているわけでもない。

しばらく見つめ合った挙げ句、そうっと片手を伸ばしてみた。いつもなら、ここでいやがる。ミチルは無闇に私に撫でられるのが嫌いだ。

けれど指が近づくにつれて、ミチルはきゅっと目を閉じた。再び足を少し動かして、しっかりと手のひらに体を預ける。触りなさいよ、触りたいんでしょう、と言わんばかりに。

「……あんた、もしかしてなぐさめようとしてる？」

人間は、ミチルに触る時にはいつも嬉しそうな声を上げる。ふかふか、あったかい、きもちいい。そんな風に声の弾む様を、喜びの感情表現として観察し、覚えていたのだろうか。

薄墨色の体をそうっと撫でていく。白い頬、銀ねず色に光る首もと。細かな羽が、さらさらと柔らかく指先で砕ける。腹に指先を沈めると、温かい。羽の付け根で小さな小さな心臓が、すばやく脈を打っている。

もういいでしょ、とばかりにぶるりと体を震わせ、数分でミチルは手のひらから飛び立った。テレビの角に留まって、ぴっぴっと高く鳴き始める。小鳥のおしゃべりを聞きながら、外の青空に目を向けた。

よく晴れた、美しい春の休日だ。ケージだけでなく、人間の洗濯物も洗って、干してしまおうか。そんなことを思って、畳から腰を上げた。

それからのこと

花房観音

男に愛されている、求められているのだと気づく瞬間があります。目の前の男が、激しく自分を欲しているのだと。言葉であったり、仕草であったり、表現方法はさまざまですが、滾《たぎ》る欲情を必死で抑える男のいじらしさを女は悦《よろこ》びます。

そんな過去の光景を、心の底にある小箱から人知れず引っ張り出して、かつて味わった甘い記憶を嗅ぐ経験は、女ならばあるはずです。おそるおそる、壊れるのを厭《いと》いながら、尊い価値あるものとして男が自分を眺めるのです。憧れと獣の猛《たけ》りが交わった眼差しから欲情がこぼれてしまう——その甘美な光景を思い出すと、身体《からだ》が熱くなります。

男が獣になるのを必死に我慢しています。社会とか世間とか人間関係のしがらみとか制度とか、そのようなものを全て振り切ってしまいたいと思うほどの激しい渇望が、自分に向けられているのです。私という女を、狂おしいほど欲しがっている——。

自分のものにしたいから奪うしかない——男の芯《しん》から湧き上がっている衝動に気づいた瞬間の悦びを思い出すだけで息が漏れ身体が疼《うず》きます。

過去の男に未練があるとか、まだ好きだとか、あの頃に戻りたいとか、そういうことではありません。ただ、甘い気分に浸るだけの、女の楽しみに過ぎないのです。

私は愛されていた、欲されていた、激しく求められていたのだと。

けれど、その記憶の箱の蓋《ふた》を開ける時間が増えたのなら、それは危険なことなのかもしれません。

今、本当に自分が満たされて幸せならば、そんなことをする必要はないのですから。

目の前の男が私を欲しくてたまらないのだと気づいたのは、私が百合《ゆり》の花の匂いを嗅いだ瞬間でした。

短かった結婚生活を送っていた頃、夫の不在を知りながら遊びにきた男が、テーブルに生けた白い百合の花に顔を近づけた私に、

「いけない。そんなふうに匂いを嗅いでは、駄目だ」

と言いながら、目を背《そむ》けたのです。

私は一瞬、男の言葉と行動の意味がわかりませんでした。

けれど、男の首筋が赤くなり、わかりやすく私から目線をそらし、足を細かく動か

して貧乏ゆすりをはじめ、明らかに動揺している様子に気づいたときに、男が私に欲情しているのだと確信を持ちました。

百合は香りの強い花です。そして、可憐《かれん》な花びらを持つのに、雌しべと雄しべがはっきりと分かれ存在感を主張しています。

そのとき私は、顔を近づけて匂いを吸い込み、うっとりと花の香りに酔っていました。私の眼は潤《うる》み、半開きにした唇は濡れて、媚《こ》びを含んだ表情だったかもしれません。白い柔らかな素材のワンピースは、陽の光に当たると透けて、私の華奢《きゃしゃ》な手足に靄《もや》が纏《まと》いついたように見せてくれます。襟ぐりが大きく開いているので、私自身がときおり鏡を眺めながら見惚《みと》れる鎖骨と、真っ白な肌が輝きを放ちます。濡れた唇の狭間から、私は少しばかり赤い舌を見せていました。確かに煽情的だったかもしれませんが、まさかそこまで男が反応するとは思ってもいませんでした。

目の前の男――大輔《だいすけ》は、小説や詩を読むのが好きな男です。社会と対峙《たいじ》するのが本当は怖いくせに、理屈で身を守っている男でした。それでも彼が豊かな生活を送り質の良いものを身に着けていたのは、裕福な家に生まれたからです。親に大切にされた育ちの良さも備わっていました。

アーティストと名乗って、昼間はインターネットで遊ぶのに時間を費やし、夜ごと同じような、何をしているのかわからない仲間たちと飲んで語り合うのが好きな、自由に生きている男でした。将来は作家になると宣言しながらも、何か書いているのを見たことがありません。そんな幼さや、いいかげんなところも可愛げがあるととられ、人を惹きつけていたのは、育ちの良さからくる親しみやすさのためだったのでしょう。

夫の平丘《ひらおか》とは正反対です。地方の海辺の町に生まれ、兄弟が多かったために自分で稼ぎながら苦学して大学を卒業し会社に就職した夫とは。

兄の紹介で初めて出会ったときから、実直で地に足のついた平丘のたくましさに頼りがいを感じていました。けれど二人の同級生で同時期に出会った大輔の明るさや自由さも、一緒にいると気取らずにすみ、好ましかったのです。私は平丘にも大輔にも惹かれ、またふたりとも自分に好意を持っているのにも気づいていて、一様に応えるように接していました。そんな私の態度を、「どちらにも気のあるそぶりを見せて、ずるいわね」という人もいましたが、男に好かれると、自分は特別な人間だと思うことができるのです。たとえそれが複数の男からでも、拒む必要などないではありませんか。私は男に大切な存在だと思われることによって、自分を愛せるのです。よく女性誌などで「モテるために」などの特集を見かけますが、私を悪く言う女たちだって、本当はモテたい、つまりは複数の男性に好意を持たれ求められたいのではありませんか。だからこそああいう「モテるために」などという記事が溢《あふ》れているのでしょう。

私がやっていたことは何もズルいことなどではなく、女として当たり前の行動なのです。

けれど口だけ達者で実は臆病《おくびょう》な大輔は、ひとりの女を抱える勇気も覚悟もなく、「女の幸せを願う自分」に酔い、仲人《なこうど》気取りで平丘を私に押しつけました。流れに身を任せるように私と平丘は恋人同士になりました。

そうして私は平丘と結婚しましたが、大輔は度々、平丘が不在の折に訪ねてくるようになり、私はその真意を測りかねていたところだったのです。

友人として私のことを気にかけているだけなのか、それともただの暇つぶしなのか、私への想いが、まだ残っているから会いにくるのか——。

けれど、今、はっきりとわかりました。

目の前にいる大輔は私に欲情して、必死にそれをこらえています。

たとえ私が仕草や表情などで、そうさせたのだとしても、です。

この男は誰よりも猛烈に私を欲しがっている——そんな男の姿ほど女にとって愛《いと》おしいものがあるでしょうか。

だから私はその数日後に、大輔から求められたとき躊躇《ためら》わずに抱かれて、平丘と別れたのです。

私の兄と平丘は同じ大学に通い、アパートの部屋が隣同士なので行き来することが増え仲良くなりました。そこに出入りしていたのが、長井大輔です。大輔の実家はかつての財閥の親戚にもあたる財産家でした。

兄や平丘と同じ大学ではありましたが、大輔は「卒業することの価値がわからない」と二年で中退して、あとはふらふらと優雅に暮らしていました。大輔は次男で、長男が父の跡を継ぐことが決まっており、そのうちに大輔も父の会社関連で名ばかりの社長の座につくのだろう、気楽な身分だと、兄と平丘が羨望と侮蔑を混じらせながら話をしていたのを聞いたことがあります。

私と兄の実家は北海道の遥か果てです。もともと仲の良い兄妹でしたから、私は高校を卒業し上京すると、兄のアパートの近所に住み頻繁に出入りしていたので、平丘や大輔とも顔見知りになりました。

兄が事故で亡くなったのは、大学卒業を控えた頃です。

兄の死に、私は錯乱したのかと周りに心配されるほど嘆き悲しみました。私は兄が好きでした。兄がいるから、東京に来たのです。幼い頃から、頼りない、おとなしくてぼんやりしている私を可愛がって愛してくれました。そんな兄の存在がこの世から失われたのをしばらくは受け入れられませんでした。

平丘は必死に兄の代わりを果たそうとしてくれました。愚直で真面目な男は不器用ですが、そのぶんまっすぐこちらに向かってきたのです。

大輔が平丘と私を交際させようとしていたことも、そのきっかけであるのは間違いありません。あるときふと何かの拍子に、大輔に「僕のようないい加減なだらしない男よりも、平丘のほうが君を幸せにできると思ったんだ」と言われたこともあります。私は平丘と結婚しました。

平丘は私を大事にしようとしてくれましたし、私も平丘を頼っていました。

違和感が生じはじめたのは、結婚して二年ほどのちに平丘の仕事が忙しくなった頃です。帰りが遅くなり、一緒に食事をすることもなくなりました。週末もつきあいのゴルフだ何だと理由をつけて家を出ます。会話する機会も失われていきました。

平丘はがむしゃらな男でした。要領の悪い男でした。上手く使われているだけだと勘付きながらも従うしか会社への尽くし方を知りません。浮気などではないこともわかっています。信じていました。私と、いつか生まれるであろう子供のために、平丘が必死で働いて貯《たくわ》えをつくろうとしてくれていることも理解していたつもりです。

けれど、どこか平丘の、私に対する責任感を重く感じはじめたのもこの頃です。平丘はいつまでたっても、私に対しては「兄」の役割を果たそうとしていましたが、私が欲しいのは兄ではありません。

私を愛してくれる、男です。

兄の代わりじゃなくて、私の心も身体も女として貪《むさぼ》り求めてくれる男です。

それを平丘はわかっていなかったのです。私が平和な生活の中にいれば満足できる女だと思っていたのでしょうか。私が欲しいのは、もっと激しいものなのに。平丘は私という女を穏やかな草食動物として扱い、愛玩《あいがん》し守れば満足すると勘違いしていました。

私のために無理して働くよりも、傍《そば》にいて欲しかったことに気づいてくれませんでした。

平丘と夜を共に過ごすことはほとんどなくなりました。遅く帰宅してぐったりとしてすぐに寝入ってしまう男に無理にせがむほど私は無神経ではありません。

家では、いつも疲れているようで、私が何かを問いかけても億劫《おっくう》そうに返事をされるのが悲しかったのです。たまには一緒に外で食事をしようとか、どこかへ遊びに行こうと誘っても、「毎日顔合わせてるんだからいいじゃないか」とめんどうくさそうに言われ、失望ばかりが広がっていきます。

私は寂しかったのです。心も、身体も。

どうして男の人は、女の身体を置き去りにして平気なのでしょう。

身体を放っておくと、心も離れてゆくことになぜ気づかないのでしょう。

私はセックスがしたいわけではありませんでした。ただ、大事にされて、必要として欲しかっただけなのです。

そんなときに、大輔が私への恋慕の情を見せたのですから、私はそれを見ぬふりができませんでした。

あの頃の大輔は、平丘の私に対するそっけなさと冷たさに、いてもたってもいられなかったそうです。

仕事のつきあいだと言ってしまえばそれまでなのですが、平丘は上司や取引先に連れられて夜の街を飲み歩き、まっすぐ家に戻らずに学生時代の仲間がやっているバーにも現れ、そこで何度か大輔とも顔を合わせていました。

「三千子《みちこ》さんが待ってるんじゃないのか。毎晩ひとりにして寂しがってるんじゃないかと言うと、『かまわないよ、俺の稼ぎで暮らして、あいつは満たされて優雅にやってるから放っておいたらいいんだよ』……なんて言うからさ……」

大輔はなおも続けます。

「お前、三千子さんをちゃんと大事にしてるんだろうなって聞いたら、あいつは、『長井、お前はわかってないよ。結婚したら家族になるんだよ。家族としては大切だけど、女として欲情するのはまた別の話なんだよ、そういうもんだ』そう言って、俺のことを馬鹿にしたように笑うから、腹が立ったんだよ。だって三千子さんは、まだこんなに可愛らしいのに」

男の人も、女が使うような媚びを含んだ声を出せるのだと知りました。優しさをまとった媚を。

私は大輔から平丘の言葉を聞かされて傷つきはしましたが、それが本音ならば、私自身に問題があるのも理解していました。結婚して、ひとりの男に所有された私は、女として怠惰になっていたのでしょう。家庭をつくるという、平凡な幸せの道筋が目の前にできたときに、私は男を惹きつける魅力を失ったのです。

平丘の言うとおり、私は満たされて優雅な生活を送っているはずなのに――本当は毎日悶々《もんもん》としていました。

この平穏な生活は平丘のおかげなのですが、そのせいで私の人生は早々に他人の人生に組み込まれ終ってしまったような気がしてならなかったのです。私は全てを平丘に所有されていました。わざわざ毎日、家に帰ってくる男の気を惹く必要もありません。平丘だって私の歓心を買う必要などなくなったから、空気のように当たり前にそこにいるものとして扱っていたのでしょう。

退屈な日常も、安定した生活も、静かな感情も、本来ならば幸福の証《あか》しだと喜ぶべきなのです。それらはほとんどの女たちが欲しがっているものですから。でも、「幸福」を手に入れた私は、自分の欲しいものが別なものであることに気づいていました。

それでも、もしも、大輔がこうして私を気にかけて度々訪ねてこなければ、私がそこから踏み出すことはなかったはずです。

「不幸」な物語を見出して、同情と愛情の境目が曖昧《あいまい》になり、私を被害者に、平丘を加害者にしたてあげ、私を救おうなどと安物の「男らしさ」に目覚めた大輔がいなければ。


「三千子さんが可哀想だ」

百合の花の匂いを嗅いだ私に対して欲情を見せた数日後、いつものように家に訪ねてきた大輔が顔を伏せテーブルの上においた両手を震わせながら、そう言いました。

大げさな仕草ですが、いつもの大輔です。

たとえ夫との共通の友人とはいえ、男を家に上げた私を無防備だという人もいるでしょうが、拒むわけにいかないではありませんか。私のことを想って、私に会いたいと言ってくれる唯一の男を。私はいつも拒まず受け入れているのです。私に関心がある男を。

私の沈黙を、大輔は肯定だととらえたようです。

顔をあげて、私の目をじっと見つめました。

その目は、潤んでいます。

男も女も、濡れた瞳というのは、艶《なま》めかしさを醸し出します。瞳が濡れるときは、身体そのものが水を湛《たた》えているからです。

「僕はあなたを平丘にやったことを後悔している。本当は、ずっと好きだったけれど、僕はあなたには相応《ふさわ》しくないと思ったから、あのとき身をひいてしまったんだ」

そう言ってはくれましたが、私は内心鼻白んでいました。大輔の言葉をそのまま信じるほどにおめでたくはありません。本当に最初から私のことが好きならば、他の人に押しつけるなんてことをするはずがないし、私の意思を無視しています。

大輔はこの状況に酔っているのです。夫に相手にされない寂しい人妻を目の前にして勝手に同情し、それを愛情とはき違えているのです。

大輔は昔から、そうでした。私のことを気にかけて離れないくせに、踏み込まない。兄が生きていた頃、ちょくちょく訪れてきたのは、私の顔を見たいからだったくせに。兄はよく「あいつはお前が好きなんだよ」と言っていましたもの。そのくせ顔を見てもからかうばかりで、誘ってくれたことなど一度もありませんでした。

兄が死んだあと平丘に私を「もらってやれ」なんてすすめたくせに、いざ結婚すると、しょっちゅうメールをよこすようになり、「暇だろうから、相手してやろうと思って」なんて言って、家に上がりこむようになった大輔は、いつも自分の物語の中でしか生きていません。

私はきっと、大輔の物語の中の「憧れのヒロイン」だったから、現実の女として自分のものにするのを躊躇い続けていたのでしょうね。

そうして、大輔は今、ようやく私に自分の想いを告白したつもりになっているのでしょうが、実は違います。

私に問うているのです、自分はどうすればいいのかと。

あなたはずるい。あなたこそ、ずるい。

私は冷静なつもりでした。大輔の物語の中に引きこまれてやるもんかと思っていました。今までさんざん、もどかしい想いをしていたのだから。

なのに——。

「今からでは、もう遅いの？」

私が心とはうらはらのそんな言葉を口にしたのは、大輔に抱かれたくなっていたからなのです。包み込まれて、求められたくてたまらなかったのです。

大輔の目は私を欲しがっています。全身から欲望がもたらす潤いを溢れさせています。身体は小刻みに震え、私を抱きしめたくてたまらないのだろうけれど、それを必死に抑えていました。

大輔とのつきあいは長いけれど、こんな目で見られたのは、欲望を剝《む》き出しにされたのは、初めてでした。男に全てを欲されること——平丘に抱かれることが少なくなってから、久しくこんな目で見られることはありませんでした。

私は自分が興奮してきたのがわかりました。性的な興奮ではありません。私という存在が求められている悦びを久しぶりに感じていたのです。

「なんでそんなこと言うんだよ、君は平丘の妻じゃないか」

大輔が泣きそうな声を出しました。

女のような、甘えた声です。そんなふうに心を剝き出しにする大輔を可愛らしいと思いました。

「——あなたが、あのとき、私と平丘の結婚をすすめたんじゃないの」

「だから、後悔してる。そのほうが君にとって幸せだと思ったから」

「嘘吐《うそつ》き。本当に私のことが好きだったら、平丘と結婚しろなんて言わないでしょ。その程度だったのよ」

「嘘じゃない。今だって、好きだよ。だから平丘が君を寂しがらせていることが腹立たしいし、なんとかしてあげたいと思っている」

「本気なの?」

「本気だよ、嘘なんか言わない」

「じゃあ、どうして奪ってくれないの? 私を——言葉だけじゃなくて、身体も」

私がそう言うと、大輔は一瞬だけ目を伏せて迷いを見せましたが、すぐに意を決したように顔をあげて、私の目をじっと見つめました。

その目には欲情が滾っています。

もうひと押しです。

私は大輔の頰に指でふれ、顔を近づけました。

私の匂いが届くぐらいに、寄せました。

「ああ、もう、たまらない――三千子さん」

大輔は私の視線から逃れるように、私の頼りない肩を抱きよせます。

「僕のものになって――」

大輔が口づけをしてきたので、私はすばやく舌をすべりこませ、大輔の舌にからめました。

大輔が全身で私を求めていることを感じて、鳥肌が立ちました。

ああ、私が欲しかったものは、これなのです。

私を欲しがる男、奪ってくれる男、退屈な日常から救い出してくれる男。

女としての私が欲しくてたまらない、男。私に欲情する男。

私は男の激情の波に巻き込まれたふりをしながら、大輔の背に手を回しました。

大輔と私は何度も舌を絡《から》めながら、ソファーに移動しました。平丘がいつもくつろいでいるソファーに大輔は私を横たえ、ブラウスのボタンを外し、スカートをおろします。

「いやっ……」

私はひそやかに抵抗します。もちろん、そのほうが男の人が興奮するのを知っているからです。

「ごめんな、こんなことして、ごめん。でも、とまらないんだ」

大輔は謝りながら、私の下着も外しました。

「恥ずかしい……見ないで」

私は両手で乳房を隠します。少女のようなと男たちに形容される形のよい小ぶりの乳房です。

「三千子――お前が悪いんだよ。あまりにも痛々しくて、守ってやりたい、自分のものにしたくてたまらなくなるんだ」

いつのまにか下着を脱いだ大輔は、私の両手首をそれぞれの手でつかみ、ソファーに押しつけて乳房からどけると、胸のふくらみの狭間に顔を埋めました。

「三千子――三千子――お前が悪い――」

「ごめんなさい」

本当は何も悪いなどと思ってはいないのに、私は応えるように、小さくそうつぶやきました。

大輔の荒い息が私の乳房にあたります。そうしながら、手首を押さえていたはずの左手は左胸をもみしだき、右手は私の下腹部をなぞるように下がっていきます。

「そこは……いやぁ……恥ずかしいの」

私は太ももに力を入れました。

「もうここまで来たら、とまらないんだよ。お願いだ、三千子。俺はお前が欲しくて欲しくてたまらないんだ」

「でも……私……結婚してるのよ」

私はこの期《ご》に及んで身をよじらせました。

「三千子を不幸にはしないから。俺が守るから、だから俺を信じて俺のものになってくれ」

ふと大輔が顔を上げました。

今にも泣きそうな表情で、私を見つめています。欲しい欲しいと、泣きわめいてすがる子どもの顔です。

私は声を出して笑ってしまいそうになるのを必死で留め、困惑した表情を作り続けていました。

「大輔――信じていいの？」

「ああ、俺を信じて。俺は三千子を心の底から愛してるから――平丘よりも。だから、三千子が欲しい」

大輔が答えた瞬間、私は足の力を緩ませます、そうすると、大輔の指が入り込んできます。

「ああ……三千子のここ、温かい」

お世辞にも大輔の愛撫《あいぶ》は上手いとは言えませんでした。むしろ、力が強くて痛みを感じるほどです。けれど最初だから加減がわからないのだと私は我慢しました。

「三千子——愛している」

大輔は、私の中に入ってきました。軽く痛みが走ったのは、大輔のものが平丘より大きかったからというよりは、短い前戯で潤いが足りなかったからでしょう。

大輔はこちらが気恥ずかしくなるような声をあげ、激しく腰を打ち付けました。

「三千子——っ‼」

「あ、もう駄目だ。ごめん、早いけど、三千子が好き過ぎて我慢できない——」

あっけないほどに早く大輔は果てました。どろっとした生温かい液体を、私の腹に出しながら。

私は大輔に気づかれぬように、その臭《にお》いに顔をゆがめました。

大輔とのセックスはそのようなお粗末なものではありましたが、終わったあとに彼は感動のあまり涙を浮かべて「ずっとこうしたかったんだ」と私に語りました。

その切なる想いは、さきほどのセックスを補ってあまりあるもので、私も涙を流しながら、「大輔とこうなれてうれしい。後悔はしないから」と、口にして、ふたりで何度も抱き合いました。こんなふうに強く抱きしめられるのも感激されるのも久しぶりのことで、私はずっと泣いていました。

そんな私の反応が大輔を悦ばせたようで、彼は、その場で「離婚してください。僕が君を引き受けるから」とはっきりと言いました。

それからのことは、今思い出しても大変でした。情熱なのでしょうか、世間知らずのお坊ちゃまゆえの無鉄砲なのでしょうか、大輔は平丘に「三千子さんを僕にくれ」と直談判してしまったのです。

私はまさかの展開の速さに驚きましたが、何よりも悦びが勝りました。激しくそこまで、想ってくれる男がこの世に存在している事実が嬉しかったのです。セックスそのものは身勝手で短いものでしたが、私が求めているのはセックスではないから、かまいません。

大輔の両親にも知られ激怒されましたが、大輔は私を選ぶと宣言しました。

平丘は告白を聞き、私が大輔を好きならばと、離婚を受け入れたそうです。大輔が平丘に話をしたあと、私はすぐに家を出て大輔の借りてくれたウィークリーマンションに滞在しました。

家を出てから一度だけ、三人で膝を突き合わせて話をしました。三千子はどうしたいんだと平丘に聞かれたので、「私も大輔さんが好き」と答えると、平丘は「そうか」とだけ言いました。

私は、平丘と大輔の前で泣きじゃくりました。あのとき、私が泣いたのは感傷や罪悪感からではなく、平丘にとっくに捨てられていたと思い知らされたからなのです。怒りもせず、泣きもしない平丘の反応は、私を悲しませ、この人の私に対する愛情は冷めていたのだと受けとめました。

ならば大輔についていくしか、道はありません。

平丘を捨てたのは私のはずなのに、私のほうが捨てられた気分でした。

けれど、最後、私が部屋を出ていくときに、平丘はこう言ったのです。

「幸せになってくれ。そうじゃないと、俺がつらすぎる。身を切られる想いで別れることを決めたんだから」

その言葉だけは、胸に響いて、それからも私の心をとらえて放しませんでした。最後の最後に、私への親愛の情を口にするなんて、卑怯です。

「あなたも――」

「俺はもう誰とも結婚しないよ。他の女となんて、考えられない」

うつむいた平丘の目から涙が一筋こぼれおちました。

平丘の涙を見たのは、それが初めてです。それまで感情を表に出すことがなく、私のことだって、どう思っているのかわからなかったのに——どうして男の人は、別れるときだけ素直になるのでしょうか。

大輔の両親は、ろくに働かずふらふらしていた息子が、人妻を、それも友人の妻を略奪したことを許しませんでした。それまで大輔は親の援助を受けて実家暮らしをしていたのですが、かろうじて新居の費用だけを手切れ金のように渡されて追い出されました。

大輔と私の新しい住まいは古い1LDKのアパートでした。八畳の部屋に布団を敷いて眠り、六畳のダイニングキッチンが大輔のアトリエとなりました。

私は自らが引き起こしたこととはいえ、新しい生活の貧しさや世間の冷たさ、大輔の両親の怒りに困惑しました。まさか大輔の両親がここまで息子を突き放すとは考えてもみなかったのです。子供でもできたら、孫可愛さに許してくれるのではとも考えましたが、そもそも私と大輔との間に子供が生まれ、二人で育てる姿が想像できません。父親という立場が似合わない男です。

境遇が変わっても、大輔は変わりませんでした。親の援助が打ち切られたので、アルバイトをはじめましたが、プライドだけ高く使いものにならない若くもない男に勤まるわけもなく、短い期間でいくつか転々としていました。結局、昔の仲間がやっている夜の店の手伝いに納まりましたが、小遣い程度の金額ですから、生活のために私も働きに出ざるをえません。

私はそう身体が丈夫ではないのです。何か特に病名を告げられたことはありませんが、風邪もひきやすく、貧血気味で、生理痛も重く、だから兄は幼い頃から心配して私を可愛がってくれていました。平丘も、それを知っていたから私が家にいることを許してくれていたのです。体力もなく、小柄な私は庇護されて生きてきたのです。

私はとりあえず近所のファミリーレストランで働きはじめました。アルバイトは大学生や、よく働く主婦が多くて、気が利かず、力のない私は皆の足を引っ張り、戸惑うことばかりで、家に戻ると毎日ぐったりとして疲労と眠気に支配された生活を送るようになりました。

まだ若いのだからと、夜の仕事をすすめられたことがありますが、そうすると大輔の生活とリズムが合わなくなってしまい、大輔にとって都合が悪いのです。

大輔はアーティストですから、私が働きに出ている昼間はアトリエとなっているダイニングで時間を過ごしています。とはいえ、何をしているのかよくわかりません。私の目にはパソコンを前にして時間潰しをしているようにしか見えませんが、それも「創作活動」だと言われれば、それ以上は何も言えません。

私は働いて疲れて帰ってても、夕食をつくらねばなりません。一緒に暮らしはじめてわかったのですが、大輔は大変舌がこえていて、好き嫌いの激しい男でした。野菜が好きなのは健康的かもしれませんが、毎日野菜が何種類も入った料理を用意するのにはお金もいりますし、手間もかかります。インスタントラーメンやレトルトのカレーは気に入らないのです。

だからといって自分でつくることはしません。お手伝いさんがいるような家で育った男だから、家事ができないのです。料理だけではなく、掃除も洗濯も自分でするという発想がもとからないのです。

ひとり暮らしの長い平丘は、私が疲れていたら、勝手に外へ食べに行ったり、時には簡単なものを自分でつくったりもしていましたし、冷凍ご飯をつかった雑炊やインスタントのものでもおいしそうに食べてくれましたし、皿洗いもしてくれました。

私は疲れていました。

身体だけのことではありません。

平丘を捨てて大輔と暮らしはじめて、友人たちの非難を一斉に浴びました。私の耳に入る話なんて、ほんの一部に過ぎませんから、知らないところで、どれだけ貶《おとし》められ軽蔑されていたことでしょう。

おとなしそうな、か弱いふりをした、ずるくておそろしい女だというとらえ方をされていたようです。私は自分の心に素直に従っただけで、何も悪いことなどしていないのに。

大輔の周りでも同じでした。もともとの友人たちは、皆、平丘の味方になりました。お坊ちゃんで裕福でアーティストなどと名乗り、親の金で遊びほうけていた大輔に対する嫉妬と嫌悪感が一気に噴出して、苦労人である平丘に同情が集まるのは当然でしょう。

こうなってはじめて、私もそうですが大輔にも人望がなかったことがわかりました。そして今まで友人としてつきあってきた人間のほとんどが、都合のいいときだけ一緒に時間を過ごす相手に過ぎなかったのだと気づかされもしました。

大輔は人に好かれる男だと思い込んでいましたが、それまで周りにいた人間たちは将来会社の社長になることを約束された暇で裕福な男に仲間のふりをして取り入っていただけでした。

私たちは孤立していました。この味方のいない世界で、ふたりで肩を寄せ合って生きていかねばなりません。

いつか結婚し、子供を産み、家庭を築き——そうなる頃には周りも私たちを受け入れてくれるのでしょうか。

けれどどう考えても、大輔との未来は描けないのです。抱き合うことは想像できても、それからのことが、見えない。大輔が堅実な職に就き、二人でまっとうな生活を送る姿なんて想像がつきませんでした。

大輔は昔と変わらない、変わってくれないのです。責任を背負う気がないままなのです。

男の人はどうして夢を見続けることができるのでしょう。

女は一瞬しか、夢を見ることができないのに。


大輔が仕事を終えて帰宅するのは、明け方です。

私はもちろん、眠っている時間です。それなのに、大輔は私を抱こうとします。疲れている私を無理矢理起こします。今、抱かれてまた眠っても、数時間後には起きて仕事に出なければいけないのですから、大輔に求められるのは苦痛でしかないのに。しかも、相変わらず大輔のセックスは、指での少しばかりの強い愛撫のあとで挿入し、私が満足しないままに自分だけ達するような稚拙なセックスで、いくら回数を重ねても良くはならないことに内心がっかりしていました。

平丘と暮らしていた頃は、多忙な平丘が私を抱かないことに寂しさを感じていましたが、今度は逆になりました。休日だけ抱かれるなら、私も楽しめるかもしれませんが、大輔は休みの日は外に出て遊びたいようでした。遊びというのは、アーティストを名乗る同じようなわけのわからない連中たちと飲み歩くことです。

私も一度、連れていってもらいましたが、この上ない居心地の悪さでした。垢抜けているわけではなくて、私から見たらとんちんかんな格好をしている女たちや、そろいもそろって同じ外見なのに自分は個性的だと思い込んでいる薄っぺらい連中ばかりで、楽しくありませんでした。

大輔とはそこそこ長いつきあいのはずなのに、こう趣味も友人も合わないことにどうして今まで私は気づかなかったのでしょうか。

ええ、わかっています。私は大輔に関心がなかったから、知ろうともしなかったのです。

私にとって大輔は、平丘との結婚生活のかすかなひずみに現れた男に過ぎなかったのです。

あのとき、寂しい私に救いの手をさしのべてくれた騎士に思えただけだったのです。

その瞬間、だけです。

大輔が私を平丘から奪おうと決意して、私に燃え滾る欲望を見せたあのときが、私と大輔の関係の頂点でした。

平丘が会社を辞めたと聞いたのは、母親からの電話でした。遠くにいる両親は私が平丘と別れたことに腹を立てていましたし、平丘にひどく同情的でした。それでも兄が亡くなり、残されたたったひとりの娘でしたから、大輔の家のように縁を切るようなまねはされずに済みました。

私は知らなかったのです。離婚したあと、平丘が北海道の私の実家まで「僕が至らなかったのです。三千子は悪くありません」と謝りに行ったことなんて。感動した両親は、これからも遊びにきなさい、死んだ息子の友人でもあるし、本当の息子だと思っているのだからと言ったそうです。

平丘が仕事を辞め、独立したと聞いて驚きました。週に二度ほど夜間の学校に通い資格をとり資金をためて開業したなんて、初耳でした。毎日、家に帰るのが遅かったのは、仕事以外にもそんな理由があったのです。

どうして妻である私にそれを言ってくれなかったのだろうとこぼすと、母親は、「独立できる確信がないから、お前に心配かけたくなかったんだって。責任感のあるいい人だ」と平丘を褒めます。

別れるとき、私が大輔を好きなら離婚していいと、平丘はあっさりと認めてくれて、恨み言などは一切口にしませんでした。内心はいろいろ思うことはあったでしょうが、敢《あ》えて口に出さないのは平丘の賢さでもあり、したたかさだったのかもしれません。寝取られ男であるはずの平丘の評価は上がり、それを耳にする度に、私も平丘を思い出す機会が増え、良い記憶ばかりが浮かびます。

けれど今さら、どうすることができるのでしょうか。

私だって、たとえ虫のいい考えが思い浮かんだとしても、実行なんてするつもりはありませんでした。心が動かされたのは、平丘に恋人ができたのではという話を耳にしたからです。

教えてくれたのは、皮肉にも大輔でした。

「女の人を連れて、友達の店に来てたらしいよ。だからもう、安心だね。他の女と上手くやってるんなら、大団円だ。俺もさ、やっぱりあいつに申し訳ない気持ちはあったからさ。三千子もホッとしただろ」

大輔はまったくわかっていません。平丘に新しい女ができて、私のことを忘れたら、自分たちの罪はなくなり、私も救われるのだと思っています。平丘に恋人ができると私が喜ぶと信じているのです。

なんて、おめでたく、馬鹿な男なのでしょう。

私はそれを聞いて、表情には出しませんでしたが、いてもたってもいられなくなりました。平丘は器用に遊ぶ男ではありません。いつも女性には真剣でしたし、つきあうことは一生一緒にいること、つまりは結婚でした。

平丘は別れるときに、誰とも結婚しないと言ったはずなのに。

私に何も言う権利がないのはわかっています。けれど、やりきれないのです。怒りに似た感情が芽生えてきて身体が熱くなりました。途端に、目の前にいる愚かな男の価値が下がっていくのをひしひしと感じ、私は平丘に会うことを決めました。

平丘は私と別れてから引っ越して、住居兼事務所を借りていました。両親からの情報で、住所は知っています。

私は偶然を装うことにしました。さすがにあんな別れ方をして、「久しぶりに会いましょうよ」なんて自分から連絡ができるほど厚顔無恥ではありません。携帯電話の番号もメールアドレスも消してはいませんでしたが、こちらから会いたいなんて連絡して冷たくされたり無視されることも怖かったのです。

私は平丘の家の近所に、平丘が好きだった珈琲専門店の支店があるのを知りました。そこに行けば、いつか会えるだろうと思い、仕事が終わってからその店に通いはじめました。

十日もしないうちに、入り口から一番よく見える席に座っている私を、平丘が見つけてくれました。

平丘は私の顔を見て、驚いた表情になりましたが、そこに動揺が表れないのが、私にもう未練はないということなのかと思うと悔しいのです。心なしか痩せたようですが、そのせいで若返っている様子に私は苛立ちました。身だしなみは清潔で、やはり恋人ができたのかと疑念が湧きます。

「三千子、どうして、ここに?」

「この近くにバイト先の友人の家があるの。さっきまでお邪魔してたけど、まっすぐ帰るのがもったいなくて」

「すごい偶然だね」

「びっくりした、この近くに住んでいるの?」

友人の存在は、嘘です。平丘の家を知らないふりをしたのも、もちろん嘘です。

平丘は立ったまま話をしていましたが、ウエイトレスが水を持ってきたので、他の席に座るのも不自然だと私の向かい側に座りました。

平丘の態度は、別れた妻に対して憎たらしいほどに節度のあるものでした。

私の両親の話など、当たり障りのない話しかしません。けれど三十分ほどして、

「仕事が残ってるから」と伝票を手にした平丘は、「三千子が元気そうでよかった。長井と上手くやってるんだな」と、静かな声でつぶやきました。

私はすかさず、「あなたは、いい人、できたの?」と口にします。

「いい人?」

「新しい恋人ができたって、噂で聞いたから」

「ああ……」

平丘は苦笑します。

その笑いの真意は測りかねますが、曖昧にされたのが内心は腹立たしかったのです。嫉妬の感情が湧き上がってきました。身体は熱くなるのに、背筋には冷たいものが走ります。

「恋人じゃないよ。ただ、世話になってる人に紹介されて断り切れなくて、最初は友人からでもと言われて……たまに食事をするだけだよ」

どんな人なのと聞いた私の表情は、余裕を見せられたのか、嫉妬が浮かんでいたのか、どちらなのか自分ではわかりません。

「会計士なんだ。若いけど独立してててね、しっかりした子だよ」

そう言った平丘の表情の中に、私はその女への感情を読み取ろうとしました。友人とは言いながら、好意を抱いているのが察せられました。

「――別れるときに、あなたが私に言ってくれたこと、覚えてる？」

「何を？」

平丘を責めたくなる衝動にかられました。あれから一日だって、私は平丘の言葉を忘れてはいないのに。

「だから、自分は、結婚しないって」

「ああ」

本当に、今、思い出したかのように平丘が声をあげます。

「忘れてないよ。本心だし、正直、今でもそう思ってる。僕は三千子のお父さんお母さんに、幸せにするって言った約束を破ってしまったから……同じ過ちをくりかえしたくないからね」

平丘の言葉に、私は安堵を覚えましたが、それはただ責任を感じているに過ぎないのでしょうか。私のことが、まだ好きだという感情からくるのだと思いたいけれど、本当のところはわからない。

「俺が悪いんだよ。仕事にかまけて、三千子のことを見ていなかった。でも、言い訳に聞こえるかもしれないけれど、あの頃は、三千子との将来のためにも独立することで頭がいっぱいだったんだよ。そんな俺の責任感が、見当違いだったたって、あとで知ったけどね」

平丘の目を寂しさが過《よぎ》り、胸が痛みました。

けれどその痛みの中に、甘さが芽生えてもいます。

「長井は、どうしてる?」

「相変わらず……でも、さすがにアルバイトはじめたの。私とのことで、ご両親に縁を切られちゃったから、お金にも困っていて……あちこちで敵を作っちゃったから……いろいろ大変で、体調もよくなくて……仕方ないいんだけどね」

一瞬にして、平丘の表情が曇ります。

「そうか――」

何かを言いかけて、平丘は言葉をとめました。

私は期待していました。平丘の口から、大輔をとがめる言葉が出ることを。けれど、それ以上、平丘は何も言いませんでした。

平丘は憎たらしいほど、大人です。次の約束をとりつける隙も与えてくれずに、「元気で」とだけ言って店を出ていきました。

わかっています。

私は平丘を捨てて、他の男に走った女なのですから、何かを期待などしてはいけないことぐらいは。

その夜も、アルバイトから帰ってきた大輔が私の布団に入ってきました。私は億劫で、寝たふりをしていましたが、揺り動かされます。

「起きないな。疲れてるのかな」

当たり前だと、口にしてしまいそうでした。身体がそう丈夫ではない私が毎日働いていたのに、この男は酒の匂いを漂わせていることが腹立たしくて寝たふりを続けました。

もし大輔とこのまま結婚して子供が生まれても、やっていけません。妊娠したら私は働けなくなりますし、そうなると大輔の収入だけでは無理です。それこそ両親に援助を頼まないといけませんが、果たして許してくれるのでしょうか。

大輔との結婚は未来に不安しか見えませんけれど、もしも結婚せずに大輔と別れてしまったら、私はどうなるのでしょうか。

バツイチで、また男と別れてひとりになって、どうして生きていったらいいのかわからないし、それこそ世間の笑いものです。ざまあ見ろと指さして喜ぶ人たちもいるに違いありません。

大輔の手が執拗に、私の身体をさわってきます。

戯《たわむ》れに、頬を軽くつねったり、股間を押しつけたりしてきました。

私はそれでも寝たふりを続けます。

「なんだよ、起きないなら、勝手にやっちゃうぞ」

私は溜息を殺しました。大輔は私の下着を脱がし、覆いかぶさってきます。濡れていないのに無理やり挿し込まれ、痛みが走りましたが、歯を食いしばり堪えます。

どういう神経をしているのでしょう。私は自分が道具にされている気がしました。

男の欲望を受け止めるための人形に過ぎないのだと。

私は全く欲情などしていません。するわけがない。

大輔は私を平丘から奪いはしましたけれど、もしかして、それは私でなくてもよかったのではないでしょうか。

大輔が私の上で動いている間、私は平丘のことをずっと考えていました。平丘は、激しくはないけれど、私をいつも愛おしむように愛撫してくれたのです。挿入行為よりも、女を愛《め》でるほうが好きだと言っていました。大輔が決してしない行為——両足の間に顔を埋め、舌で味わうのも、好きでした。一緒に暮らしていたときは、平丘のやり方が、どうもねちっこくしつこいように思え、正直、もっと簡単でもいいのになどと思っていたのです。けれど大輔と暮らしはじめてから、平丘のように身体の隅々まで存分に口をつけられて高められてから挿入するやり方が恋しくなりました。

愛されていると、思えるのです。

肉の棒を挿し込まれ、声を出さない私の上で懸命に腰をふる大輔の顔を薄目で眺めながら、平丘がたまに食事をするだけだと言った女のことが浮かびました。私は会ったこともないその女を憎みそうになりました。

会計士でしっかりした娘——その言葉が、まるで私を頼りない女だと責めているようにも聞こえたのは、僻《ひが》みです。

私はひとりでは生きていけません。そんな強い女ではありません。男にすがらないと、いけないのです。

平丘の心が自分から離れていきつつある――そう感じたから、大輔に身を任せたのに。

まさか他の男のことを考えているとは思ってもみないであろう大輔は、私の乳房の先端をつまみながら、腰をふり続けています。

男の肉の棒など、私にとっては相手は誰であろうが、そう変わりません。やり方も、性器の形も、多少の差はあっても、私の肉体に差しこまれるものに、たいして違いなどないのです。

私はセックスそのものはそんなに好きではありません。いえ、むしろ痛いから苦手ですし、本当はなくても構わないのです。

ただ、私は男が私を欲しているのが、好きなだけなのです。男の欲情が一番伝わってくる行為がセックスで、だから私はセックスを求めているのです。

セックスを好きじゃないのに、セックスを連想させる仕草で男たちの欲情を喚起するのは、セックスは、男を惹《ひ》きつけるのに最適だからです。セックスは目的ではなくて、手段なのです。

私は、平丘が私にふれなくなったから、自分に欲情する大輔に私を略奪させました。

自分を求めない男など、興味はありません。

けれどこうして平丘と別れ、大輔と暮らしはじめると、大輔にとってのセックスは、愛情の確認ではなく、自身の性欲の解消なのだと思い知らされたのです。平丘は違いました。こんなふうに疲れた私にのしかかるようなまねはしなかった。

結局、一度だけだったのです。私と大輔が心も身体も通い合ったのは。「不幸で寂しい人妻」に大輔が欲情し、私は寂しさを埋めた、それだけのことだったのです。

私が欲しいのは、身体を求められることではないのだと、こうして日々、不本意な性行為で痛感しました。

「ぁあっ」

大輔が声をあげて、私の腹の上に生温かい液体を放出しました。

大輔は中には出しません。大輔自身も、きっと子供ができても養っていけないのはわかっているのでしょう。結婚して私の人生を引き受けることも重いのでしょう。そのくせ避妊具は装着せず、外に出して中途半端に避妊した気になっているのも結局、自分の快楽を優先しているのです。

私を本当に愛しているのなら、躊躇いなく全て注ぎ込んで、私の人生を背負えるはずなのに。

「ごめんなさい、いきなりで」

深夜というほどではないけれど、平丘は、闇が訪れた時間にいきなり訪ねた元の妻を追い返そうとしなかったので、安心しました。

「いや……でも、どうしてここが？」

平丘は困惑した表情を浮かべてはいます。

「親から聞いたの」

平丘は私を家に上げてくれました。けれど全身から警戒心を漂わせ、私の目を見ません。

わかっています。平丘は怖がっているのです、私を。いや、私を、ではありません。平丘自身の欲望を、です。

見覚えのあるダイニングテーブルの上に、珈琲を置いてくれました。懐かしい香りです。平丘はいつもこの珈琲しか家では飲みませんでした。私が平丘を待ち伏せするために通っていた珈琲店のものです。

「長井と何かあったのか」

平丘が私の向かい側に座りました。かつて一緒に暮らしていたときと、同じように。

私はうつむいています。涙をこらえているようにも見えるでしょう。

「俺を捨ててまで一緒になりたいと思った男なんだから、ちょっとしたことで揉《も》めるなんてよくないよ」

「殴られたの――」

私がそう言うと、平丘がぎゅっと拳《こぶし》を握り、身体に力を入れたのを感じました。

怒りがこみ上げてきたのでしょうか――私の思うつぼです。

「なんで」

「……夜中にあの人が帰ってきて……疲れてるから嫌って言ったのに、のしかかってきて……」

半分本当で、半分嘘です。

嫌だと身をよじったら、酔った大輔がさせろよと言って、軽く私の頬をぺしっと戯れまじりに軽く叩いた程度なのです。

暴力というほどではありません、けれど、私は大袈裟に「殴られた」と言いました。

もちろん、わざとです。

「だって、お前、身体が丈夫じゃないのに……」

「あの人の稼ぎだけじゃ無理だから、私も外で働かなくちゃいけなくて、毎日疲れてて……」

「殴られたのは、初めてか」

「……」

私は答えません。

　本当は殴られていないのですから、敢えて否定も肯定もせずにおきましたが、案の定、平丘は悪いほうに解釈してくれたようです。

「――俺は、お前があいつを選んで、あいつがお前のことを幸せにすると誓ったから、別れたんだぞ」

　平丘の声が震え、感情が高ぶった様子が伝わってきたので、私は顔をあげました。

　私の頬には、涙が伝わっているはずです。

　女が涙を流すなど、たやすいことです。

　男の気を惹くためなら、嘘を吐《つ》くことも、泣くことも、何の罪悪感もなしに上手くやってみせます。

　どの女だって覚えがあることでしょう。

　涙など、哀しくなくても流せます。

　男の気を惹くためならば、なんだってできる。

　嘘を吐くことも、誰かを悪者にすることも。

「私が悪かったの。あなたが忙しくて、私にかまわなくなって、もう私のことなんてどうでもよくなったんだって、思い込んで――」

「それは、俺も、言葉が足りなかったんだ。怠惰だったんだ。夫婦だから、三千子が何もかもわかってくれると安心しきってた」

「あなたの帰りが毎日遅くて、話をする時間もなくて、ひとりで寂しくて、そんなときに大輔が優しくしてくれたから……でも、私が悪かったのよ。自分のことばかり考えてて、ふらふらとしてしまって……あなたと別れてから、毎日、あなたのことを忘れたことはなかったの――申し訳なくて」

「謝るのは、俺のほうだ」

平丘が立ち上がり、私の隣に来ました。もう、すぐです。

「――どうして、手放してしまったんだろう。こんなつらい想いをさせるなら」

平丘の手が私の肩に触れました。

私はゆっくりと立ち上がり、身体を平丘のほうに向けます。

「あなたと別れたことを今は、後悔している……今さらこんなこと言うのは間違ってるの、わかってるけど」

平丘の必死で動揺を押し殺そうとしている引きつった顔は、さきほどまでの大輔への怒りが、私への欲情に変わったことを示していました。何かをこらえている表情です――私の好きな男の顔です。

男は同情と弱さを見せれば釣れるということを、私はいつ覚えたのでしょうか。

いいえ、女はもとからそれを知っています。私のような、か弱い女は、同情と媚態《びたい》という武器がなければ生きていけないのです。

私は涙を溢れさせながら、平丘の目をみつめ、顔を近づけていきました。

平丘の唇が、私にふれたくてたまらないと、尖っています。

涙も汗も、女が流す水には男を惹きつける匂いがあるのに違いありません。

「お願い、私を、助けて――奪って――」

私がそう言いながら唇を突き出すと、平丘は激しく吸い込みました。私を強く抱き寄せてくれた平丘の男のものが硬くなっているのがわかったので、すかさずそれに自分の腰をこすりつけます。もちろん、偶然そこにあたってしまったかのように。

薄手のスカートを穿《は》いてきたのは、このためです。胸元がふわりとしたレースの襟のブラウスを着てきたのも、近寄れば私の白い肌が覗き込めるからです。

舌で口内《こうない》を貪られ、その力の緩んだ隙間から私は甘い声を漏らしました。

わざとや演技ではなくて、本気で快楽を得ているのです。こんな気持ちのいいことはありません。男が私を全身で欲してくれているのを口づけだけで感じるなんて。

平丘と私の舌がからみあい、いやらしい水の音が溢れてきます。臍《へそ》の下の、私の芯に硬度を増した平丘の男の肉が、こすりつけられています。

一刻も早くつながりたいと、男の血が沸き立っているのが伝わってきました。

私は平丘がどこをどうすれば感じるのか、何をすると悦ぶのか、知っています。

平丘だって、私を感じさせたくてたまらないはずです。

お互い、身体が快楽を記憶しているからこそ、今からはじまる久々の性行為が楽しみでなりません。夫婦でなくなってから、初めての、営みが。

私は男の激情を全身で受け止め、歓喜に打ち震えていました。

やはり私が欲しいのは、これなのです。

たとえ一瞬のことにすぎないとわかっていても、私は求めずにはいられません。

私は奪われることでしか、愛された気がしないのですから。

蛇瓜とルチル

宮木あや子

国道沿いの大型ドラッグストアの駐車場に車を入れ、閉店間近の店の中へ洗剤を買いに行く。まだ切れてはいないが念のため柔軟剤も籠に放り込む。繊維に残ると困るから液体のものを。レジに籠を置いたとき、その奥にホットケースがあるのを見つけ、高木《たかぎ》さんのぶんと自分のぶんと、こっそり経費で落としてしまおう、と思い缶コーヒーを二本取り出してもらった。

「領収書ください」

「宛名はいかがいたしましょう」

「西岡衣装《にしおかいしょう》」

会社近くならばそれだけで領収書が出るが、ここは初めて利用したドラッグストアなので、若いアルバイトの女の子に東西南北の西に、大岡越前の岡、と漢字を説明し、千数百円の領収書を作ってもらう。癖のある文字を書き込む彼女の指先がカサカサに乾き、黒っぽく薄汚れているのを見て、こんな時間まで働いているのはなにも自分だけではない、と寒さに折れそうになる心を鼓舞する。ありがとうございました、という場違いに可愛らしい彼女の笑顔と挨拶に癒され、白いワゴン車に戻った。

「お、ありがと」

缶コーヒーを受け取った高木さんはほっぺたにそれを押し当て深い溜息をついた。長い撮影だった。そして寒い日だった。車中は暖房が効いているが、効かせすぎると窓ガラスが結露するのであまり温度は上げられない。明後日までが実際の学校を借り切っての撮影で、明々後日からはスタジオの教室セットに移る。スタジオもたいがい寒いが野外よりはマシだ。

「あと二日だ、頑張ろう」

高木さんはそう言ってエンジンをかけた。古いワゴン車は排気ガスのにおいを車内に漂わせ、明るい東京の夜に走り出す。

子供が高熱を出しているとかで高木さんは会社に戻ったあと家に帰ってしまった。既婚女性がこの仕事をつづけるのは無理があるよな、と、ときどき思う。洗い場ではまだ入社二年目の八幡《やはた》が、スーツについた血糊《ちのり》の染み抜きをしていた。刑事ドラマか二時間サスペンスだろう。

「もう一着レンタルできなかったの?」

私の声に八幡は振り向き、お疲れさまです、と言ったあと「これ、グッチなんです」と苦笑いをしながら答えた。

「立花《たちばな》さんの指定で。レンタル交渉したんですけど無理だったんで、買取なんですよ。二着はとても」

「ああー、『リーダー』のシーズン3か。立花さんオシャレだもんねえ」

「はい。真崎《まさき》さんは次の水8ですか」

「うん。制服二十五着」

「お疲れさまです……私ぜったいヤだなあ、学園ドラマ」

「私は刑事ドラマのほうがイヤだなあ、交渉めんどくさいし」

袋に入っていたワイシャツをまとめて洗濯槽に放り込む。さっき買ってきた洗剤をボトルに移し替え、柔軟剤と洗剤をそれぞれの投入口に規定量入れ、スイッチを押す。乾き終わるまでのあいだに、さきほどチェックしてプリーツが取れてしまっていたスカート六着を持ってきて、アイロン台の脇に重ねた。糊をスプレーし、当て布を重ね一着ずつアイロンをかける。

どうか座らず立って待機してくれ、と思っていても、衣装の願いなど伝わるわけもなく、生徒役の子たちは待機時間、床にさえ座る。差し入れを食べこぼす。学園ドラマにリアルな学園のノリを持ち込む、「事務所の教育どうなってんだ！」というタイプの子たちの中にも、将来主演を張る役者が出てきたりしてあなどれない。今の八幡くらいの年のころに担当した深夜の学園ドラマでモブをやっていた少年は、事務所側の猛プッシュもあり、今やゴールデンで二番手や三番手を務めるまでに成長した。当時は業界に染まるものかと頑《かたく》なに抗っていた彼は、しかし今では私のことを「真崎ちゃん」と呼ぶ。その響きの軽さに、乾いた砂のような悲しさと虚しさと少しの苛立《いらだ》ちを覚える。

スカートのアイロンをかけ終え、血糊を落とし切った八幡と一緒に二軒隣のラーメン屋に夕飯を食べにゆき、帰ってきたら洗濯は終わっていた。これから二十五枚、ワイシャツにアイロンをかけなければならない。八幡が手伝ってくれないだろうかと若干期待はしてみたが、彼女も明日の朝は四時からだというので、笑顔で見送った。ほつれた髪の毛を結い直す。腰が痛い。

家に帰れたのは深夜二時を過ぎてからだった。シャワーを浴びつつビールを飲み、髪を乾かしつつ煙草を吸い、肌にすずらんの匂いのするボディオイルをくまなく塗り込んでから寝間着にしているシルクのロングシャツを纏《まと》う。お洒落な生活をするためではなく、そうしないと肌が痒《かゆ》くて掻《か》き壊《こわ》して服を血まみれにしてしまうからだ。

布団乾燥機で温めてあったベッドの中に潜る前に、仕事用鞄の中からジップロックに密封した一枚のワイシャツを取り出した。タグには小さく油性マジックで「久永《ひさなが》」と書いてある。撮影が終わり衣装を回収したとき、見つからぬよう一枚だけ抜いてきたものだ。袋を開けると、知らない香水の匂いが微かに漂った。

ポリ65、綿35のなんの変哲もない量産品かつワンクール使い捨てのワイシャツなのに、久永正樹《まさき》が着るとオーダー品に見える。衣装合わせのときからそう思っていた。細胞のひとつひとつが内から光を放っているような子だと。ただしそう思っているのは私だけらしく、実際に彼の番手は低く、いわゆる「一軍」ではない。今回ペアを組んでいる高木さんも一番手の若手俳優以外に興味を持たなかった。特撮《とくさつ》上がりの、彼女のお気に入りで、彼が十五歳のときから目をつけていたという高木さんはやっと一緒に仕事ができると、冷静に振る舞いつつもかなり舞い上がっていた。

取り出したワイシャツをベッドの上に広げ、襟の辺りに鼻先を付けた。お人形みたいに綺麗な子にも体臭はある。ほんの少しの汗のにおい。香水の匂いは袖口に染み付いていた。手首派か。これはどこのなんていう香りだろう。肺いっぱいに久永正樹の匂いを満たし、身体の老化した組織をぜんぶ入れ替えるつもりで息を吐く。二回くらいそれを繰り返したところで、ゆるい痺《しび》れがじわじわと身体中を侵し、布団に潜り込んだところでブレーカーが落ちるように意識が途切れた。

一時間後に目覚まし時計が鳴り、米俵みたいに重い身体を起こす。右の頬の一部が痒くて、ベッドサイドから手探りで手鏡を取り、なんとか目を開けて顔を見ると頬にくっきりとボタンの形の痕がついていた。シャツはシーツと同化してくしゃくしゃになっている。正樹のぶんのシャツは代わりを混ぜ込んでおいたから問題ないが、ボタンの痕はすぐには消えない。溜息をつき洗面台に向かい、顔を洗う。軽くオイルでマッサージをしてから化粧を施し、菓子パンを齧《かじ》りながら会社に向かった。

高木さんは憔悴《しょうすい》した顔でギリギリに現れ、ラックを積んだバンに私たちは慌しく乗り込む。

「お子さん大丈夫でした？」

「うん、不本意だけど姑に預けてきたわ。昨日はごめんね、ぜんぶ任せちゃって」

「大丈夫です、いつか貸しを返してもらいますから。それに私より八幡のほうが大変そうでしたし」

「ああ、『リーダー』よね。あの現場退屈なんだよねー、若い子いないし」

いるけど、高木さんの興味を引きそうな判りやすいイケメンがいないというだけだ。

一時間弱で撮影場所の学校に着く。照明や音声は既にスタンバイの最中で、私たちは控え室となっている空き教室にラックを運び、持ち道具（靴や鞄など）係とヘアメイクとの打ち合わせを済ませる。教師役の女優にはスタイリストとヘアメイクが付いているため私たちの出番はなく、生徒役の子たちが到着したら制服の衣装を着させ、流れ作業でヘアメイクが顔を作ってゆく。

久永は十番目に到着した。彼は電車ではなく車で、母親に連れられてやってくる。よろしくお願いいたします、と言って彼女は周りのスタッフたちに深々と頭を下げ、頑張るのよ、と息子の肩を抱き、ぴかぴかの赤いアウディA3に乗って元来た道を戻ってゆく。そんな子は他にはいない。だいたい電車でやってくるか、番手の高い子はマネージャーがバンに乗せて連れてくる。

「ここは塾じゃないっつうの」

窓から母親と久永のやりとりを見ていた高木さんはぼそっと呟く。

「まあ、この業界には向きませんよね。なんで芸能界入れちゃったんだろ」

持ち道具の荏田《えだ》も半笑いで応え、此方《こちら》へやってくる久永を迎えた。おはようございます、と言って控え室に入る彼のうしろ姿を見送る。やはり背骨の辺りが光って見えて、綺麗な子だなあと思う。

全員が到着し、控え室が人いきれでやや暖かくなってきたころ、「あの」とうしろから声をかけられた。振り返ると久永だった。一瞬息が止まる。

「どうしたの?」

「すみません、ボタンが取れちゃって……」

彼は細い手首を私のほうに突き出し、カフスのボタンが取れているのを見せた。

「取れたボタンは？　ある？」

「はい」

もう片方の手に小さなボタンが握られていた。私はポケットから裁縫道具を出して針に糸を通し、外れたボタンを手のひらから取ると縫い付けた。

「昨日はほつれたりしてなかったはずなんですけど……」

申し訳なさそうに訴える久永に私の胸は冷える。そのシャツを持って帰ったのは私だ。責められているわけではないのに、咎《とが》められている気持ちになる。糸切り鋏《ばさみ》はあった。けれどそれをポケットの中に仕舞ったまま玉止めして犬歯《けんし》で糸を噛み切るとき、一瞬だけその手首に上唇が触れた。昨日眠りに落ちる前に包まれた香水の匂いが胸を満たす。できた、と言うと久永は「すごい！」と目を丸くした。

「何が？」

「だって、すごい早い、ボタン付けるの」

「衣装さんだから」

「ありがとうございました」

ぺこりと頭を下げ、久永は小走りで控え室を出て行く。その様子を見た高木さんが呟く。

「……良い子だねえ」

「そうですねえ」

少しの胸の痛みと共に私は応える。朝早い本番前のざわめきは本物の教室に似ていて、学園ドラマは本当に面倒くさいし確実に寿命が縮むけど、この懐かしさは好きだ、と思う。


廊下、階段、校庭、昇降口でのすべての撮影は時間が押すこともなく、予定どおり日没には終わった。昨日の撤収が夜十時だったことを思うと奇跡のようだ。明日からはスタジオセットの撮影になるため、洗濯の必要がないものは衣装室に運び込んでしまおうと高木さんが言い出し、ならば洗濯の必要があるものは会社に戻るよりもスタジオ近くのランドリーを使ったほうが早いと、私たちは撤収を終えたあと都内のスタジオセンターへ向かった。

ラックを引っ張ってだだっ広いスタジオセンターの中に入ると、入り口近くのインフォメーションボードには隣のスタジオが使用されていることを示す張り紙があった。

「今何やってんのかな」

高木さんの声につられて張り紙を見ると、来期から始まる医療ドラマの題名が書いてあるのが見て取れた。

「友衛《ともえ》くんのやつか。今回また二番手だっけ。そろそろ主演も近いね」

「そうですかねえ」

番宣ポスターに印刷された白衣姿の友衛さつきの顔を思い出そうとしても、裸で泣いている顔しか思い出せなかった。深夜とはいえ連続ドラマ、しかもめんどくささで言えば一位二位を争う学園物を初めて任され、そのあまりの重労働さに私も気が狂いそうだった。たぶん十回以上泣いたと思う。あの現場で組んだ先輩は一年後に辞めていった。元々スタイリストになりたくて、なれなくて衣装に来た人だった。今は何をしているのだろうか。

芸能界でスタイリストや衣装の仕事をしている人間は、だいたいが服飾系の専門学校を卒業し、二十歳くらいで業界に入る。作るほうに行く子、着させるほうに行く子、売るほうに行く子、さまざまな進路を選ぶ中、着させるほうに行く子たちはだいたいミーハーだ。私もそうだった。親が留守がちな家に生まれ、気付けばいつもテレビを見ていた。初恋の人はアイドルで、おっかけの真似事みたいな時期を経て、いつか必ずこの人と働く、と決めたのは中学二年生のときだ。家庭の事情で大学には進めなかったので、高校卒業後の進路を決めるとき、迷わず私は衣装へつてのある専門学校を選んだ。実際に業界入りしたら、わりとあっさり熱は冷めた。

ただ、テレビドラマが好きだったことは、人と話をするときにはプラスになる。気難しいことで有名な俳優に、彼のデビュー作の話をしたら「そんな昔のドラマよく憶えてるね！」と言われて、それ以来彼の出るドラマには頻繁に私が呼ばれるようになった。おかげで、ほかにもわりと指名をされることが多い。いっそスタイリストに転向してもやっていけるのではないかと思う。

「……真崎ちゃん？」

ランドリーが終わるのを待つあいだ、スタッフ控え室の前の自販機からコーヒーを取り出していたら、声を掛けられた。高木さんは既に帰っている。顔をあげると友衛さつきが入り口のほうからこちらへ歩いてくるところだった。

「友衛くん、久しぶり」

「真崎ちゃん、現場ここだったの？　気付かなかった、いつから？　どこにいるの？」

「明日から、第六スタジオで矢尾《やお》マリカさんの水8」

真崎ちゃん、という呼び方にやはり心がざわつく。けれど私は無理やり笑顔を作り、答えた。へえ、と言って友衛は自販機に硬貨を投入し、私が買ったのと同じもののボタンを押す。

「友衛くん、なんで自分でコーヒー買いに来てるの、マネージャーさんに頼みなよ、それくらい」

「だって辻《つじ》さん電話かけてんだもん」

私が無人の控え室に入ると、当然のような顔をして、友衛もついてきて、私の座ったベンチシートの隣に腰掛けた。中性的だった横顔は骨っぽくなり、プルトップを空ける指もごつごつとした大人のものになっていた。

「……友衛くん、いくつになった?」

「二十三歳。真崎ちゃんは、もうアラフォー?」

「失礼だなあ、まだアラサーだよ、ていうか三十になったばっかりだよ」

そんなに疲れて見えるのか、と思わず頰を触って弾力を確かめたら、「知ってるよ」と言って友衛は笑った。私は彼の目の奥の暗さを忘れてない。あのとき俳優の道を諦めていたら、彼は今どんな顔をして笑っていたのだろう、と思いながら、彼の作り物じみた笑顔を見た。


眠りに落ちる前、指先で上唇に触れる。細くて脆《もろ》くて折れそうな手首だった。芸能界において、見た目の美しさを売り物として生きる人たちはみんな、ある種のフリークスだ。異様に小さな頭、内臓がすべて揃っているのか判らないくらい薄い胴、それで歩けるのか、物が持ち上げられるのかと心配になるほど筋肉が未発達の手脚。芸能界ではない、こちらがわで生きる人はどれだけ美しかろうと、どこか人間の肉体を残しているものだ。こちらとあちらには間を隔絶する種族の壁がある。

朝の五時に目覚ましが鳴る。昨日帰りに持たされた差し入れの残りで朝食を済ませ、一応会社に出向き、運び忘れがないかをチェックしたのち、タクシーでスタジオに向かった。今日の撮影は矢尾マリカと比較的番手の高い生徒たちだけで行われる。二軍は明日以降からの参加になる。

夜でもおはようございますというやりとりが交わされる芸能界で、リアルにおはようございますの挨拶を交わし、高木さんは控え室の準備、助手の私は前室《ぜんしつ》の準備に取り掛かる。

「真崎さん、昨日友衛さつきくんと夜中に話してませんでした？　あっちの現場担当してる先輩が夜中に真崎さん見たって」

メイク助手の由紀《ゆき》がドレッサーの前に道具を広げながら尋ねてきた。

「うん。深夜で一度担当したことがあって」

「えーいいな。何話したんですか？」

「とくに何も。世間話みたいなもの。由紀ちゃん、ついたことない？」

「ないです。あー、一度顔いじってみたいなあ。綺麗ですよねえ」

――ねえ、このあと行って良い？

マネージャーの辻さんが友衛を探しにきたとき、耳元で小さく訊かれた。

――もう遅いからダメ。

早く行きな。そう促し、うしろ姿を見送った。あれからもう八年経った。これは既に私が慈《いつく》しんだ友衛じゃない。鼻の下と顎に僅《わず》かだけど硬そうな黒い毛の剃り跡があるるのを見て思った。

控え室の準備が終わり、前室に各所からの差し入れが積み上がる時間になって、機材のチェックを終えたカメラやＶ　Ｅ《ビデオエンジニア》などが食べ物目当てにやってくる。

「これ、今日の衣装？」

箱からサンドイッチをひとつ取り、ＶＥの男がラックを物色して眉を顰《ひそ》めた。彼が指で示す、ビニールカバーのかかった白と紺のストライプのスーツは、矢尾マリカの指定した二着目の衣装だった。

「はい」

「ぜったいモワレ出るよー。替えられない？」

「指定されてるんですよ、スタイリストさんに。甲斐《かい》さん、言ってくださいます？」

「おっかねえからヤダ」

衣装にもカメラにも発言権はあまりないので、監督が言ってくれることを願う。そうこうしているうち、衣装をつけメイクを終えた生徒たちが教室のセットに向かい、ドライが始まった。カメラが回っていない状態で役者たちが演技をしている様子を、割本を手にしたスタッフ全員が遠巻きに見守る。

「真崎さん、どの子が売れると思います？」

ドライが終わり、技術打ち合わせが始まったあと、由紀が前室の前を通って各控え室に戻ってゆく少年少女たちを見ながら小声で尋ねてきた。玉石混淆《ぎょくせきこんこう》の若い生徒役たちは、半数以上はものにならず芸能界を去る。生徒が二十五人なら、生き残れるのは五人以下だ。

「由紀ちゃん、誰だと思う？」

「ここにはいないんだけど、二軍の久永くん、売れると思います。久永正樹くん、だったかな？」

心臓がひとつ大きく波打った。まさか私のほかにも彼の放つ白金の光に気付いている人がいるなんて、と少し悔しくも思った。

「……私もあの子、いけると思う」

「えっ、マジですか？　私、見る目あるかな？」

「どうだろう？　でもこれであっさり消えたら私たちふたりとも見る目ないってことだよね」

ありうるなあ、と言って由紀は笑った。

午前二時、明日へ向けてのすべての準備を終えて寒々としたマンションに戻り、すぐさま風呂の湯を溜め始めた途端インターホンが鳴った。古いマンションなのでセキユリティゲートなど存在せず、訪問者は部屋の扉のすぐ外にいる。嫌な予感がした。そしてその予感は当たった。ドアの外に立っていたのはドレスキャンプのジャージ姿の友衛だった。

「入って、早く」

追い返すことよりも、カメラマンが外にいて撮られる可能性のほうを恐れ、私は彼を部屋に引っ張り入れた。ドアが閉まると同時に、骨だらけの硬い身体に抱きしめられる。香水の残り香と埃っぽいにおいと外の冷たさに、疲労した身体が落ちるように包まれる。

「真崎ちゃん、こんな小さかったっけ」

「友衛くんが大きくなったんだよ」

「どうして俺のこと避けてたの」

「避けてないよ、現場が合わなかっただけ」

「俺はずっと真崎ちゃんが良いって言ってたのに」

「私、実はわりと人気あるのよね」

嘘だ。彼の言うとおり本当に避けていた。友衛は不貞腐《ふてくさ》れたように身体を離し、かと思ったら顔を寄せて乱暴にくちづける。胃の荒れたにおいがして息を止めた。舌が唇をこじ開けて入ってくる。控えめに応じながらも、するがままにさせておいた。

「……あがって良い？」

唇を離したあと、急に不安そうな顔を見せ、友衛は尋ねる。

「ここまで来ておいて今更。帰る気もないでしょ。良いよ」

答えると友衛はいそいそと靴を脱いで部屋にあがり、勝手に照明を点けた途端「うわっ」と声をあげた。ほとんどの家具を排除した殺風景な部屋の床には、趣味で集めている植物の実がごろごろと転がっている。

「なにこれ気持ち悪い！」

「蛇瓜《へびうり》っていうウリ科カラスウリ属の植物の実」

「……食べれるの？」

「食べれるけど、あんまり美味しくはないよ」

蛇瓜はその名のとおり蛇のような長細い形状をした薄緑色の実で、栽培状態によりとぐろを巻いたり波打ったり、何かの文字のようになったりとさまざまな形に変化し、白い繊毛《せんもう》を持つ花を先端に咲かせる。食用にもなるが私はあまり好きな味ではなかった。

「なんでこんなに？　衣装で使うの？」

「そんなおもしろい衣装を作らせてくれる現場があればぜひ紹介してちょうだい。これはただの趣味。気持ち悪くてステキでしょ？」

私の言葉に友衛は無言のまま複雑な顔をして蛇瓜を見つめた。何を考えているのか気になった。今までもいろいろな植物を愛《め》でてきた。スイカ、冬瓜《とうがん》、プリンスメロン、ペポカボチャ、聖護院大根。蛇瓜を見つけるまでは。

「……真崎ちゃん、昔、トマトとか育ててたよね？」

「唐辛子も育ててたよ。でも忙しくて世話してあげられなくて、ぜんぶ枯らしちゃったの」

だから、自分以外の誰かが育てたものにした。どうせ自分の手の中で朽ちてゆくなら、できあがったものでも同じだと思ったから。つるつるした美しい表面に傷みと皺《しわ》が現れてきたとき、他人の育てたものならより躊躇《ちゅうちょ》なく捨てられる。

風呂にお湯が溜まり、先に友衛に使わせた。流水音を聞きながら、この部屋で友衛の世話をしていたときのことを思い出す。今の久永と同じ、友衛は十五歳だった。眼光鋭い、という不穏な表現がぴったりの目を持つ子供で、子役事務所から大手に移籍したばかりだったが、実績はほとんどなく、しかし事務所の幹部は彼の目力になんらかの可能性を感じたらしく、撮影直前になって彼をモブに押し込んできた。

事務所から押し込まれた役者はだいたいスタッフには疎《うと》まれる。また、学園ドラマの生徒役はほとんどがオーディションであり、それを経ずに押し込まれた子は生徒役からも疎まれる。更に友衛は人に懐かない子だった。自分を綺麗に見せる術《すべ》も知らなかった。

――首の形が綺麗だね。

私が最初にかけた言葉。事務所から提出されたサイズ表が間違っていたため、採寸のし直しをしたときだ。まだ喉仏が出っ張ってきておらず、短すぎず、細すぎず、長すぎず、シャツをとても美しく着られる首をしていた。

――初めて言われた。おねえさん、いくつ？

――そう？　ほんとに綺麗なのに。二十二歳。

――ババアには興味ないんだ、ごめんね。

――大丈夫、私も年上にしか興味ないから。

当時私はひとまわり年上の音声の男と不倫をしていた。まだ社会に出て間もなく物知らずで、大人にとっての、社会人にとっての恋愛がなんなのかも知らなかった。だから不倫なんかできていたのだろうと思う。結局、友衛と出会ったあの深夜ドラマで私が忙しすぎて会えなくなり、撮影に入ってわりとすぐに別れた。

「真崎ちゃん、お風呂」

とぐろを巻いた蛇瓜をひとつ抱えてベッドの上でうつらうつらしていたら、声が聞こえて覚醒する。脱衣所に用意しておいたTシャツと短パンを纏《まと》った友衛がタオルで髪を拭きながら立っていた。

「……終わった?」

「うん。なんか竹の匂いの入浴剤、使っちゃったけど」

「良いよ。あ、疲れてるなら先に寝てて」

と言っても寝ないだろう。実際風呂から上がったら友衛は床に三角座りをして、音を消したテレビの画面を見つめていた。転がる蛇瓜に囲まれた彼は、植物ではなく人間だった。ただの、生身の、朽《く》ちてゆくであろう。

「私、寝るよ」

声をかけると友衛は無言で立ち上がり、抱きついてくる。

「ちょっと待って、オイル塗らないと」

「オイル? 身体に?」

「うん。ちょっと今、アトピーっぽくなってて。塗らないと痒くて眠れないの」

ベッドに腰を下ろし、ベッドサイドからボディオイルの瓶を取り蓋を外す。途端に辺りがすずらんの匂いに満たされる。

「塗ってあげる」

友衛はそう言って私の手から瓶をとると、手のひらに出し、床に投げ出された私の脚に滑《すべ》らせた。

「どうしたの、かいがいしい」

「いきなり来ちゃった迷惑料。だからまた来て良い？　男いないんだよね今？」

「……」

人の肌に手のひらを滑らす行為はそのまま愛撫へつながる。強烈な花の匂いの中で友衛は私の身体にしがみつき、首のあたりに顔を埋めて子犬のように鳴いた。くぅん、くぅん、と、犬を飼ったことがないから判らないが、乳を求めて母犬の腹に鼻先を擦《こす》りつけている様に似ていると思う。あのとき彼が俳優になる道を捨てていたら、どうなっていただろう、ともう一度ぼんやりと思う。


子役の事務所にはだいたい「レッスン」がある。このレッスン費で稼いでいる事務所が多い。しかし友衛が過去に所属していた事務所は、レッスン費がものすごくお安いことで有名なところだった。そのぶん選考基準は非常に厳しく、本当に美しい子供か、美しくはなくとも類稀《たぐいまれ》な才能のある子供しか所属できない。友衛は美しいほうの子供だった。しかし愛想が悪く協調性もなかった。だからまともな仕事の歴がない。

翌朝、というか数時間後に友衛を送り出したあと、もう化粧などする時間がなかったのですっぴんのままスタジオセンターへ向かった。それでもどう考えても遅刻だった。正面玄関前でタクシーの精算を済ませていたら、うしろに赤いアウディのセダンが停まった。運転席から降りてくる女、助手席から降りてくる少年がバックミラーに映る。

「……お客さん？」

「ちょっと待って」

つり銭を差し出す運転手を手で制し、私は彼らのやりとりを見ていた。女が少年の顔を撫で回し、なんらかの言葉を交わし、運転席に戻りタクシーを追い越して走り去ったのを見届けたあと、つり銭を受け取り車を降りた。

少年につづいて警備に入構証を見せ、私は華奢《きゃしゃ》な背中を追いかける。

「おはよう、久永君」

久永は隣に並んだ私を見て、「あっ」と嬉しそうな顔を見せた。

「衣装さん、えっと……」

「真崎。君の名前と読み方同じだから憶えてね。早くない？　まだ入りの時間じゃないよね？」

「……憶えました。お母さんが、あ、母が、今日から三日間の旅行で。午前の飛行機に乗らなきゃいけないらしくて」

だから早く連れてこられちゃって、と久永は申し訳なさそうに笑い、「休憩所ってもう使えますか？」と訊いてきた。

「控え室にいれば良いじゃない？　ＡＰさんに頼めば開けてくれるよ」

「……居心地悪くて」

「なんで？」

「……」

笑みが消え暗い顔をして俯く久永の首のうしろあたりに、やはり白い光が見える。

「帰りはマネージャーさん来るの？」

「僕、マネージャーさんいないんです。小さい事務所で、社長がひとりでまわしてるみたいなところなんで」

知っていたけれど、知らないふりをして訊いた。他の生徒役の子たちはそこそこ大きな事務所に所属しているため、数人をまとめてひとりが見ていたりする。久永がその中で疎外感を抱いているのも、知っている。

「……居心地悪いなら、集合時間まで前室にいる？」

「えっ？　良いんですか？」

「うん。メイクの由紀ちゃんが君のこと気に入ってたから、喜ぶよきっと」

一番嬉しいのは、私だけど。

由紀は案の定、その場にそぐわない来客をおおいに喜んだ。出演者数が多いためいつもは流れ作業になる生徒たちとは、あまり会話もない。彼らもまだ現場慣れしていていないため、何を話せば良いのか判らず、とくに口を開かない。撮影も半ばになってからやっと打ち解ける感じだ。

久永は緊張しながらも、大人たちと会話を交わしていた。お母さんが、お母さんが。母が、と最初のうちは訂正していたが、少し経ったらそれもなくなった。お母さんが世界のすべてである少年。やはり芸能界になんか入れちゃいけなかったんじゃないかと思う。友衛の口からお母さんという単語を聞いたのは一度きりだ。あとは、クソババア、だった。友衛の母親に嫉妬することはなかった。見たことがなかったから。けれど久永の口からお母さんという単語が出てくるたび、心の本当に端のほうが不愉快さに捩《ね》じれる気がした。軋《きし》みながらゆっくり形を変えてゆく蛇瓜みたいに。

今日の撮影で、久永には初めての台詞《せりふ》があった。しかもガヤではなく単独の台詞三つは二軍としてはかなり多い。集合時間になって控え室へ向かったあと、久永は一時間ほどのちにメイクを施されて戻ってきた。制服の襟の裏のワイヤレスが正しい位置にあるか確認するために、私はそこに手を伸ばす。体温にぬくもった布と布のあいだ、皮膚に触れたいと思ったけれど、我慢して指を引き抜いた。

「マイク、初めてです」

緊張した面持ちで自らの胸元を見つめ、久永は言う。

「なんかあったらすぐ音声さんに言ってね」

た。

「はい」

技打《ぎう》ちが終わり、生徒がみっしりと並ぶ教室の、比較的長回しのシーン、カメリハまでは順調に運んだのだが、本番で何故か久永のマイクにだけ雑音が入りNGとなった。

「衣装！　マイクちゃんと付けた⁉」

「すみません！」

カメリハまでは問題なかったのだから、明らかに音声に責があるだろうに、それでも私は監督の怒声に久永の席まで走ってゆき、位置を確認しつつ「本番中触ったりした？」と小声で尋ねた。ほかの生徒役の子たちから冷ややかな視線が突き刺さる中で久永は泣きそうな顔をして、「してません」と小さく答える。私はチェックするふりをしながら受信機を摑みケーブルを思い切り引っ張った。

「断線みたいです、交換してもらえますか？」

えー、チェックしたのになあ、と言いながら音声が予備のワイヤレスを持ってきて、セット内の緊張が解《ほぐ》れて小さなざわめきが湧く中、私はそれを受け取り、付け替えた。

「大丈夫だから、落ち着いて。君のせいじゃないよ」

衣装を整えながら小さく言って、手のひらを、そっとシャツの上から胸に押し当てた。可哀想なくらい速い鼓動が伝わってくる。落ち着いて、ともう一度言うと、耳の

すぐ横で深呼吸をする音が聞こえた。そして息を吐き終わったあと、

「ありがとうございます、大丈夫です」

と、小さく、しかしはっきりとした声が返ってきた。二度のNGは出なかった。


十八歳未満の子供は夜の十時までしか働かせられないため、このドラマの撮影も通常夜十時には終わる。今日は大人のみの撮影はなく、NGはあの久永の一度きりだったため結構な巻きで、九時半には解散となった。

控え室から回収した衣装をランドリーに運ぼうと廊下を歩いていたとき、腕を摑まれた。

「さっきはありがとうございました、ほんとに、すみませんでした」

久永だった。年のわりにはきっちりとした私服姿が眩《まぶ》しい。

「良かったね、ちゃんと台詞言えてたよ」

「あんなとこ、もしお母さんに見られてたら叩かれてた」

「旅行中のお母さんか。今日はお父さんが迎えにくるの？」

「いえ、うちお父さんいないんです」

意外だった。そして何よりも意外なのは、あれだけ溺愛《できあい》している息子をひとり置いて泊りがけの旅行に出る母親の神経だ。

「あ、でもタクシーで帰れってお金は渡されました」

何故か恥ずかしそうに言って、もう一度ぺこりと頭を下げたとき、腹の虫が鳴るのが聞こえた。タイミングが漫画みたい、と思わず笑ってしまった。

「おなかすいた？　差し入れ何も食べなかったの？」

「……はい」

「私もおなかすいた。何か一緒に食べに行こうか」

「えっ、でもお仕事は？」

私はとりあえず久永を連れて衣装室へ向かった。私より一足早くその場には高木さんがいて、大人の衣装の手入れをしている最中だった。

「お疲れさまです。高木さん、こないだの貸しを返してもらって良いですか」

「えっ？　なに？」

「お子さんが熱出したとき、私ぜんぶやりましたよね、しかも外ロケんとき」

「ああー……」

心底イヤそうな顔をしつつ、お互いさまなので渋々といった様子で高木さんは頷《うなず》いた。シャツとジャージの入った袋を手渡すと、初めて彼女は私のうしろにいた人物に気付く。

「その子は？」

「今日はお母さんの迎えが来ないんですって」

「あらまあ、可哀想に」

それが求めていた答えなのかどうかは判らないが、何故か彼女は納得し、私たちに手を振って送り出してくれた。日付が変わる前に撮影所を出られることなんて初めてで、しかも一緒にいるのは久永正樹で、疲れているのに身体がとても軽かった。

「何食べたい？　って言ってもこの時間、未成年が行けるご飯屋さんは少ないなあ」

「なんでも良いです、お蕎麦とか」

「私蕎麦アレルギーなの。ラーメンで良い？」

「はい、僕は桃とキウイのアレルギーです」

正面玄関を出て、待機していたタクシーに乗り込み、私は自分が住んでいるマンションの至近距離にある交差点の名を告げた。そしてラーメンを食べ、会計を済ませたあと久永を部屋に誘った。一瞬だけ表情が固まったが、それでも彼はぎこちない笑顔を浮かべてついてきた。


久永は友衛と同じように、明るくなった部屋の床を見ると「うわっ」と声をあげた。そして昨日と同じやりとりを繰り返すことになる。

「……ペット飼えない代わりですか？」

「判りやすく言えばそうかなあ。撮影入ると忙しすぎて、植物の世話もできないし」

私は床から比較的まっすぐなものを一本取り上げ、愛猫家が可愛いペットにするように、その薄緑色の表面に軽く音を立ててくちづけた。久永は一連の行為を見て僅かだが頬を染め、顔を背けた。普通の高校一年生の顔を垣間見ることができて、また彼が何を想像したのかを察することができて、背中の下のほうが喜びに疼《うず》く。

こんなに卑猥《ひわい》な形をした植物、滅多にない。猥《みだ》らな形と色をした花は存在するけれど、植物独特の緑色でありながら蛇瓜は、ある特定の人には、粘液を吐きながら肌の上を這う冷たい生き物を思わせる。ある特定の人。肉体の快楽を人と共有することを求めない人、もっと言えば、その相手が人間である必要のない人。

「……真崎さんって、おいくつなんですか」

想像したことを気取られるのを防ぐためか、それとも沈黙に耐えられなくなったためか、久永はとってつけたように尋ねた。

「三十歳」

「……えっ⁉」

「見えない？」

「見えないです、二十二、三かと思ってた、助手さんだし」

「今回久しぶりに助手なの。高木さんってベテランなんだけど、まだ手のかかる小さい子供がいて、ときどきどうしても早く帰らなきゃいけなくなったりして。若い子だとフォローできないからって私が指名されたの」

「そうだったんですか……」

何を考えているのか、床に三角座りした久永の目は泳ぐ。

「ババアには興味ない?」

「……」

「って、友衛さつきは言ってた、私と初めて喋ったとき。でも友衛は結局私と寝たよ」

「え、友衛さつきって、友衛さつきですか?」

「うん、友衛さつきは友衛さつきだね」

あの深夜の学園ドラマのモブからただひとり生き残った、そしてそろそろ主演も近い友衛は、子役あがりの中でも憧れの俳優として名前を出す子がちらほら出てき始めている。彼の母親は自分が産んだ子供の「顔」で一攫千金を狙った。親の手から早く離れてくれるようにと。そうして期待された子供は自分を金づるとしか思っていない母親に反発するため、誰にも懐かなかった。指定されたオーディションをサボり、たまに仕事が回ってきても、いつも一番うしろのほうで目立たぬよう努めた。しかし幸か不幸か、彼は子役として大した成績も収めていないのに、大手に持ってゆかれた。

初めての仕事があの深夜ドラマだ。

「君に、似てたよ」

「似てる……僕が？」

不倫の恋が終わったとき、嵐のような忙しさのさなかで自分はなんのために生きているのだろうと思った。撮影期間中、監督助手から誘われて一度だけ寝た。しかし、駄目だ、と身体が拒絶した。男にふられるなんて大したことない、と思っていたはずなのにその傷は結構深かったらしく、自分が男の人の身体を求められない、受け入れられなくなったことにしばらくして気付いた。でも絶えず身体と心は誰かを求めている。愛情を注げる誰か。何か。

最初は植物を育てた。この仕事をしている限り、犬や猫では絶対に死なせてしまう。友衛が初めてこの部屋を訪れたときはたしかにトマトと唐辛子を育てていた。

――私、たぶんできないけど、それでも良いの？

――一緒に寝てくれるだけで良い。

友衛はあの深夜ドラマの最中に、次の仕事が決まった。それをきっかけに彼の両親は離婚した。自活できるようにと子役事務所に入れた母親が彼を引き取ったが、どちらにせよ育児放棄されていることには変わりなかった。

他の生徒役たちが全員帰ったあとの薄暗い控え室、カーテンを閉めたフィッティングの中で声を殺して泣いている友衛をうっかり見つけてしまって、そのときはまだ正真正銘の助手だったため仕事を先輩に押し付けることもできず、三時間待たせたあと、今日と同じくラーメンを食べさせた。そして家に帰りたくないというので部屋に連れ帰った。

一緒に寝てくれるだけで良い、と言った友衛は、しかし思春期の少年らしく脚の間を硬くしていて、それが太腿のあたりで判り、可哀想になって私は彼の手を取り自分のシャツの下に導いた。湿った指が躊躇《ためら》いながらもぎこちなく胸に触れ、私も彼の脚の間に触れた。

「似てる。顔も性格もぜんぜん違うけど、当時の友衛のサイズとまったく同じなの、君。身長も、体重も、スリーサイズも、足の大きさも」

あと、肉の薄い部分から漏れ出て見える光の色も。私は久永の手を取り、立たせた。そしてかつての友衛と同じ高さにある唇にくちづけた。

絡み付く腕も脚も、乳首を舐める舌さえも植物のようだった。自分の選択に間違いのなかったことに、快楽のためだけではなく愉悦の眩暈《めまい》がした。身体の上で息を荒らげる人のかたちをした植物の細い腕を捕らえ、反対に組み敷き、中央に突き出た赤い棘《とげ》に舌を這わす。小さな呻《うめ》き声が彼の唇の端から漏れ出るのを確認したあと、口の奥までそれを含んだ。小学校の帰りにつつじの蜜を吸っていたことを思い出す。棘の先から溢れてくる透明な液体は甘くはないけれど、花蜜と同じくらい淫蕩《いんとう》だった。舌がなぞるたびに棘は脈打つ。自我を持った生き物のように。

だめ、やめて、出ちゃう。

苦しそうに訴える久永の要求に応え、私は口を離した。途端、おなかのほうに跳ね返った棘は白蜜を吐き、仄《ほの》かに光る久永の身体の、臍《へそ》から首の付け根あたりまでをべっとりと汚した。力なく痙攣《けいれん》を繰り返し、上下する薄い胸。白く汚れたまだ脈打つ硬い棘の先端を舐め取り、臍から胸へと舌を這わせる。

荒く息を吐きながら、久永は私の名を呼ぶ。くちづけを求める。応じて唇を重ね舌を絡めると、彼は咄嗟《とっさ》に顔を背けた。

「……こんな味なんだ」

「不味《まず》い？」

痰みたい、というとても素直な感想で、愛しくなって私は彼の身体を胸に抱いた。

「……友衛くんも」

「ん？」

「友衛くんにも、したんですか」

不器用な手つきで私の身体を横に移動させつつ、尋ねた久永の真意が判らなかったので、とりあえず「うん」と答えた。

ラーメンを食べさせて泊めた日以降、友衛は撮影が終わるまでこの部屋で暮らした。母親と離れたいと友衛は言っていたが、母親に心配してもらいたかったからだと私は思っている。ときどき事務所の人に電話をして、母親から連絡があったかと訊いていた。毎度答えは否だった。撮影最後の日、彼は私の中に射精したあと裸のまま「クソババア」と宙を罵《ののし》りながら泣いた。身体が引き裂かれるような、血を吐くような声で泣きつづける友衛の白い身体を抱き、腕の中で彼の身体が壊れゆくのを感じた。金色に光る亀裂が入ってゆく、顔にも、胸にも、脚にも、爪の先にも。砕ける、と思った。けれど彼はかたちを保った。

「どうして僕を誘ったんですか」

「言ったでしょ、友衛に似てるって」

「友衛くんが、好きだったの？」

「好きじゃなかったけど、守らなきゃって思ったの。君のことは好き。でも君のことも助けなきゃって思う」

「……頼りなくてすみません」

「違うの。君、たぶんこのままだとお母さんに潰される」

「……」

「ちゃんと逃げなよ」

久永は唇を嚙み締め、私の身体を引き離す。このままじゃ生き残れないだろうから、母親から逃げてほしい。半分は嫉妬で、半分は事実だ。私は引き離された場所から手を伸ばし、久永の頰に触れる。振り払われたらもう終わりにしようと思った。けれど彼は拒否しなかった。拒否するどころか乱暴に唇をぶつけてきた。嚙み千切られるかと思うほどのくちづけをされ、組み敷かれ、押し開かれた場所に硬い棘を打ち込まれる。摩擦の熱と痛みは次第に快楽に変わり、掠れた声が漏れた。

——友衛くんが　好きだったの？

たぶんあのときは、好きだったと思う。少なくとも、悲しくなるほど愛しくて、どうにかしてこの子を守りたいと思っていた。しかし撮影最後のあの日、金色の亀裂が入った身体、砕ける寸前の胸部に彼は腕を突っ込み、自らの手で自我の一切を毟《むし》り取ってこの部屋へ捨てていった。母親が自分に自活を望むのならばそうしてやろうと、芸能人にしたいのならばそのいただきを目指そうと。私は恋人でもなんでもなかったから、何も言えなかった。しばらく経って再会したとき、美しく腐乱した友衛は私が知っていた人とは違うものになっていた。その別人は私を「真崎ちゃん」と呼んだ。

久永の汗が顔の上に降ってくる。唇に滴ったそれを舌先で舐める。汗で細かな束になった前髪の奥にある瞳は怒りなのか悲しみなのか判らない光を宿し、濡れた肌はいっそう白く光り始める。絶え間なく衝かれる深部、小さな鳴動を感じ、は、と息を止めた途端、熟れた棘が音を立てて弾けた。

二度は、なかった。十五歳だし訴えられたら前科持ちになるし仕事も失うな、程度には心配していたがそれも杞憂《きゆう》に終わった。

一度だけ、こっちの教室セットに友衛が乱入してくるという騒動があった。女子生徒役の子たちはキャーキャー言って喜び、男子生徒役の子たちは羨望と嫉妬をないまぜにした眼差しで彼を見つめた。一軍の女子生徒のひとり、一番顔が可愛い子を「君、どこかで会ったっけ?」というこれ以上はないくらい使い古された言葉でナンパし、二番目に可愛い子には「俺のこと知ってる?」とわざとらしく尋ね（そんなの全員知ってる）、仕舞いには教壇に立ったあげく矢尾マリカの台詞回しを真似て自分の出演しているドラマの宣伝をし、本人に怒られた。そして最後に友衛は教壇の上から久永に目を向けた。

ほんの一秒か二秒だったと思う。久永は臆することなく友衛の視線を受け止め、じっと見つめ返した。

——俺に似てるやつがいるね。

スタジオを出てゆく際、すれ違いざまに小さく友衛は言った。その日の夜、友衛はまた私の部屋を訪れた。帰すこともできず、私は彼を部屋にあげた。

——ねえ友衛くん、もしあのとき芸能人でいることをやめてたら、どうなってたと思う？

ずっと訊きたかったことを初めて尋ねた。

——さあ。死んでたんじゃねえ？

友衛は私の胸に顔を埋めながら答えた。今は生きてるの？　とは訊けなかった。

放映が始まった水8は初回視聴率が十五パーセントを超え、二回目以降もそこそこの数字を出し、目玉となる役者が矢尾マリカしかいないにも拘らず打ち切られることなく、三ヵ月後、全十回の放送を終えた。その間に私はまた新たなドラマの撮影に入り、忙殺されるさなかでときどき久永の顔を思い出す。そして、自分こそが植物なんじゃないのか、と、ひとり蛇瓜に囲まれた部屋の中で思う。

三十歳という年齢に焦りもせず、焦る理由も見出せず、激務のせいで人より早く寿命が縮んでゆくのを自覚しながら、朽ち果てるのをただ待っているように思える。ごくたまに久永みたいな子を見つけてひとりで楽しむ。たまたま久永は部屋に来たけれど、あれはかなりレアなケースで、私も滅多なことでは行動には移さない。いつもはせいぜいシャツを一枚失敬するだけだ。

しばらくののち、別の局が放送した単発ドラマで久永の姿を見つけた。彼の身体に金色の亀裂が入るのはいつだろう、と画面を見ながら思う。そのときが来たら、砕け落ちるか、かたちを保ったまま根から腐ってゆくか。そのどちらをも私は望まない。

「あ、あれ、久永くん」

スタジオ控え室の壁にかかった大型テレビに映し出される映像の中に、私と同じく彼の姿を見つけた由紀が嬉しそうに言う。また現場が同じになった。

「とりあえず生き残ってるね」

「そうですねー、良かった、私たち見る目ありますよやっぱり」

由紀の目にももしかして彼の放つ光が見えてるのかな、と思ったけれど、訊くのはやめた。私は煙草を灰皿に押し付け、立ち上がる。廊下に出たら背後に、少年から大人に変わりかけている久永の声が聞こえた。

【著者略歴】

窪美澄（くぼ・みすみ） 一九六五年東京都稲城市生。二〇〇九年「ミクマリ」で女による女のためのR－18文学賞大賞を受賞しデビュー。一一年受賞作所収の『ふがいない僕は空を見た』で山本周五郎賞、本屋大賞第二位。一二年『晴天の迷いクジラ』で山田風太郎賞。他著書に『アニバーサリー』『よるのふくらみ』『さよなら、ニルヴァーナ』『アカガミ』など。

＊本書所収の「朧月夜のスーヴェニア」は、『すみなれたからだで』（一六年、小社刊）収録版を底本とした。

千早茜（ちはや・あかね） 一九七九年北海道生。立命館大学卒業。幼少期をザンビアで過ごす。二〇〇八年『魚神《いおがみ》』で小説すばる新人賞を受賞しデビュー。〇九年、同作にて泉鏡花文学賞。一三年『あとかた』で島清恋愛文学賞。他著書に『からまる』『眠りの庭』『男ともだち』『西洋菓子店プティ・フール』『夜に啼く鳥は』など。

彩瀬まる（あやせ・まる） 一九八六年千葉県千葉市生。上智大学卒業後、小売会社勤務を経て、二〇一〇年「花に眩む」で女による女のためのR－18文学賞読者賞を受賞しデビュー。他著書に『あのひとは蜘蛛を潰せない』『骨を彩る』『神様のケーキを頬ばるまで』『桜の下で待っている』『やがて海へと届く』『朝が来るまでそばにいる』『眠れない夜は体を脱いで』など。

「かわいいごっこ」参考文献＝『漫画で楽しむ　だからやめられない文鳥生活』伊藤美代子著／誠文堂新光社『わが家の動物・完全マニュアル　文鳥』総監修・長坂拓也／スタジオ・エス

花房観音（はなぶさ・かんのん）　一九七一年兵庫県生。京都市在住の現役バスガイド。映画会社、旅行会社、AV情報誌での執筆など様々な職を経て、二〇一〇年『花祀り』で第一回団鬼六賞大賞を受賞しデビュー。他著書に『女の庭』『好色入道』『情人』『愛の宿』『わたつみ』など。

＊本書所収の「それからのこと」は、『花びらめくり』（一六年、新潮文庫刊）収録版を底本とした。

宮木あや子（みやぎ・あやこ）　一九七六年神奈川県生。二〇〇六年『花宵道中』で女による女のためのR－18文学賞の大賞と読者賞を同時受賞しデビュー。他著書に『白蝶花』『官能と少女』『セレモニー黒真珠』『野良女』『帝国の女』『校閲ガール』（シリーズ全三巻）など。

本書は『きみのために棘を生やすの』（二〇一四年、小社刊）を改題の上、文庫化したものです。

偏愛《へんあい》 小説集《しょうせつしゅう》

あなたを奪《うば》うの。

二〇一七年 三 月一〇日 初版印刷
二〇一七年 三 月二〇日 初版発行

著 者 窪美《くぼみ》澄《すみ》、千早茜《ちはやあかね》、
彩瀬《あやせ》まる、花房観音《はなぶさかんのん》、
宮木《みやぎ》あや子《こ》

発行者 小野寺優
発行所 株式会社河出書房新社
〒一五一－〇〇五一
東京都渋谷区千駄ヶ谷二－三二－二
電話〇三－三四〇四－八六一一（編集）
〇三－三四〇四－一二〇一（営業）
http://www.kawade.co.jp/

ロゴ・表紙デザイン 粟津潔
本文フォーマット 佐々木暁
本文組版 KAWADE DTP WORKS
印刷・製本 中央精版印刷株式会社

Printed in Japan ISBN978-4-309-41515-4

窓の灯

青山七恵　40866-8

喫茶店で働く私の日課は、向かいの部屋の窓の中を覗くこと。そんな私はやがて夜の街を徘徊するようになり……。『ひとり日和』で芥川賞を受賞した著者のデビュー作／第四十二回文藝賞受賞作。書き下ろし短篇収録！

ひとり日和

青山七恵　41006-7

二十歳の知寿が居候することになったのは、七十一歳の吟子さんの家。奇妙な同居生活の中、知寿はキオスクで働き、恋をし、吟子さんの恋にあてられ、成長していく。選考委員絶賛の第百三十六回芥川賞受賞作！

やさしいため息

青山七恵　41078-4

四年ぶりに再会した弟が綴るのは、嘘と事実が入り交じった私の観察日記。ベストセラー『ひとり日和』で芥川賞を受賞した著者が描く、ＯＬのやさしい孤独。磯﨑憲一郎氏との特別対談収録。

ブラザー・サン　シスター・ムーン

恩田陸　41150-7

本と映画と音楽……それさえあれば幸せだった奇蹟のような時間。「大学」という特別な空間を初めて著者が描いた、青春小説決定版！　単行本未収録・本編のスピンオフ「糾える縄のごとく」＆特別対談収録。

小川洋子の偏愛短篇箱

小川洋子〔編著〕　41155-2

この箱を開くことは、片手に顕微鏡、片手に望遠鏡を携え、短篇という名の王国を旅するのに等しい──十六作品に解説エッセイを付けて、小川洋子の偏愛する小説世界を楽しむ究極の短篇アンソロジー。

福袋

角田光代　41056-2

私たちはだれも、中身のわからない福袋を持たされて、この世に生まれてくるのかもしれない……人は日常生活のどんな瞬間に、思わず自分の心や人生のブラックボックスを開けてしまうのか？　八つの連作小説集。

岸辺のない海

金井美恵子　40975-7

孤独と絶望の中で、〈彼〉＝〈ぼく〉は書き続け、語り続ける。十九歳で鮮烈なデビューをはたし問題作を発表し続ける、著者の原点とも言うべき初長篇小説を完全復原。併せて「岸辺のない海・補遺」も収録。

また会う日まで

柴崎友香　41041-8

好きなのになぜか会えない人がいる……ＯＬ有麻は二十五歳。あの修学旅行の夜、鳴海くんとの間に流れた特別な感情を、会って確かめたいと突然思いたつ。有麻のせつない一週間の休暇を描く話題作！

泣かない女はいない

長嶋有　40865-1

ごめんねといってはいけないと思った。「ごめんね」でも、いってしまった。——恋人・四郎と暮らす睦美に訪れた不意の心変わりとは？　恋をめぐる心のふしぎを描く話題作、待望の文庫化。「センスなし」併録。

思い出を切りぬくとき

萩尾望都　40987-0

萩尾望都、漫画家生活四十周年記念。二十代の頃に書いた幻の作品、唯一のエッセイ集。貴重なイラストも多数掲載。姉への想い・作品の裏話など、萩尾望都の思想の源泉を感じ取れます。

ナチュラル・ウーマン

松浦理英子　40847-7

「私、あなたを抱きしめた時、生まれて初めて自分が女だと感じたの」——二人の女性の至純の愛と実験的な性を描いた異色の傑作が、待望の新装版で甦る。

人のセックスを笑うな

山崎ナオコーラ　40814-9

十九歳のオレと三十九歳のユリ。恋とも愛ともつかぬいとしさが、オレを駆り立てた——「思わず嫉妬したくなる程の才能」と選考委員に絶賛された、せつなさ百パーセントの恋愛小説。第四十一回文藝賞受賞作。映画化。

浮世でランチ

山崎ナオコーラ 40976-4

私と犬井は中学二年生。学校という世界に慣れない二人は、早く二十五歳の大人になりたいと願う。そして十一年後、私はＯＬになるのだが？　十四歳の私と二十五歳の私の“今”を鮮やかに描く、文藝賞受賞第一作。

カツラ美容室別室

山崎ナオコーラ 41044-9

こんな感じは、恋の始まりに似ている。しかし、きっと、実際は違う――カツラをかぶった店長・桂孝蔵の美容院で出会った、淳之介とエリの恋と友情、そして様々な人々の交流を描く、各紙誌絶賛の話題作。

一人の哀しみは世界の終わりに匹敵する

鹿島田真希 41177-4

「天・地・チョコレート」「この世の果てでのキャンプ」「エデンの娼婦」――楽園を追われた子供たちが辿る魂の放浪とは？　津島佑子氏絶賛の奇蹟をめぐる５つの聖なる愚者の物語。

ふる

西加奈子 41412-6

池井戸花しす、二八歳。職業はＡＶのモザイクがけ。誰にも嫌われない「癒し」の存在であることに、こっそり全力をそそぐ毎日。だがそんな彼女に訪れる変化とは。日常の奇跡を祝福する「いのち」の物語。

ボディ・レンタル

佐藤亜有子 40576-6

女子大生マヤはリクエストに応じて身体をレンタルし、契約を結べば顧客まかせのモノになりきる。あらゆる妄想を呑み込む空っぽの容器になることを夢見る彼女の禁断のファイル。第三十三回文藝賞優秀作。

ヴォイセズ／ヴァニーユ／太陽の涙

赤坂真理 41214-6

航空管制官の女と盲目の男――究極の「身体（カラダ）の関係」を描く「ヴォイセズ」、原発事故前に書かれた予言的衝撃作「太陽の涙」、名篇「ヴァニーユ」。『東京プリズン』著者の代表作を一冊に。

すいか　1

木皿泉　41237-5

東京・三軒茶屋の下宿、ハピネス三茶で一緒に暮らす血の繋がりのない女性４人の日常と、３億円を横領し逃走中の主人公の同僚の非日常。等身大の言葉が胸をうつ向田邦子賞受賞、伝説のドラマ、遂に文庫化！

すいか　2

木皿泉　41238-2

独身、実家暮らしＯＬ・基子、双子の姉を亡くしたエロ漫画家の絆、恐れられ慕われる教授の夏子、幼い頃母が出て行ったゆか。４人で暮らしたかけがえのないひと夏。10年後を描いたオマケ付。解説松田青子

異性

角田光代／穂村弘　41326-6

好きだから許せる？　好きだけど許せない!?　男と女は互いにひかれあいながら、どうしてわかりあえないのか。カクちゃん＆ほむほむが、男と女についてとことん考えた、恋愛考察エッセイ。

グッドバイ・ママ

柳美里　41188-0

夫は単身赴任中で、子どもと二人暮らしの母・ゆみ。幼稚園や自治会との確執、日々膨らむ夫への疑念……孤独と不安の中、溢れる子への思いに翻弄され、ある決断をする……。文庫化にあたり全面改稿！

まちあわせ

柳美里　41493-5

誰か私に、生と死の違いを教えて下さい…市原百音・高校一年生。今日、彼女は21時12分品川発の電車に乗り、彼らとの「約束の場所」へと向かう——不安定な世界で生きる少女の現在（いま）を描く傑作！

あられもない祈り

島本理生　41228-3

〈あなた〉と〈私〉……名前すら必要としない二人の、密室のような恋——幼い頃から自分を大事にできなかった主人公が、恋を通して知った生きるための欲望。西加奈子さん絶賛他話題騒然、至上の恋愛小説。

ボヴァリー夫人

ギュスターヴ・フローベール　山田𣝣〔訳〕　46321-6

田舎町の医師と結婚した美しき女性エンマ。平凡な生活に失望し、美しい恋を夢見て愛人をつくった彼女が、やがて破産して死を選ぶまでを描く。世界文学に燦然と輝く不滅の名作。

スウ姉さん

エレナ・ポーター　村岡花子〔訳〕　46395-7

音楽の才がありながら、亡き母に変わって家族の世話を強いられるスウ姉さんが、困難にも負けず、持ち前のユーモアとを共に生きていく。村岡花子訳で読む、世界中の「隠れた尊い女性たち」に捧げる物語。

キャロル

パトリシア・ハイスミス　柿沼瑛子〔訳〕　46416-9

クリスマス、デパートのおもちゃ売り場の店員テレーズは、人妻キャロルと出会い、運命が変わる……サスペンスの女王ハイスミスがおくる、二人の女性の恋の物語。映画化原作ベストセラー。

高慢と偏見

ジェイン・オースティン　阿部知二〔訳〕　46264-6

中流家庭に育ったエリザベスは、資産家ダーシーを高慢だとみなすが、それは彼女の偏見に過ぎないのか？　英文学屈指の作家オースティンが機知とユーモアを込めて描く、幸せな結婚を手に入れる方法。永遠の傑作。

リンバロストの乙女　上

ジーン・ポーター　村岡花子〔訳〕　46399-5

美しいリンバロストの森の端に住む、少女エレノア。冷徹な母親に阻まれながらも進学を決めたエレノアは、蛾を採取して学費を稼ぐ。翻訳者・村岡花子が「アン」シリーズの次に最も愛していた永遠の名著。

リンバロストの乙女　下

ジーン・ポーター　村岡花子〔訳〕　46400-8

優秀な成績で高等学校を卒業し、美しく成長したエルノラは、ある日、リンバロストの森で出会った青年と恋に落ちる。だが、彼にはすでに許嫁がいた……。村岡花子の名訳復刊。解説＝梨木香歩。

著訳者名の後の数字はISBNコードです。頭に「978-4-309」を付け、お近くの書店にてご注文下さい。